Ferdinand Hiller

**Briefe an eine Ungenannte**

Ferdinand Hiller

**Briefe an eine Ungenannte**

ISBN/EAN: 9783744719605

Hergestellt in Europa, USA, Kanada, Australien, Japan

Cover: Foto ©Andreas Hilbeck / pixelio.de

Weitere Bücher finden Sie auf **www.hansebooks.com**

# Briefe an eine Ungenannte.

— ∞∞ —

Von

## Ferdinand Hiller.

Köln, 1877.

Verlag der M. DuMont-Schauberg'schen Buchhandlung.

Druck von M. DuMont-Schauberg in Köln.

# 1.

Es soll mir ein gutes Omen sein, daß ich diesen meinen ersten Brief an Sie, verehrteste Frau, vom 28. August, dem Geburtstage Goethe's, datire. Auch wir Heiden haben unsere Schutzheiligen, von welchen wir zwar nichts erflehen, — deren wir aber in frommer Demuth gedenken.

Ein einziges Mal habe ich Sie gesehen, einen einzigen Abend mit Ihnen zugebracht, und nun ich an Sie schreibe, ist mir zu Muthe, als hätte ich Sie gekannt, seitdem ich denke und fühle. Ein Glück für Sie, daß es nicht an dem, — Sie wären nicht so jung und — Pardon! — so schön, wie Sie Sich Selbst es eingestehen müssen, wenn Sie zum Spiegel Ihre Zuflucht zu nehmen genöthigt sind. Dieser Spiegel! Ich glaube, er ist von der Schlange des Paradieses erfunden worden. — Ist es möglich, die Eitelkeit zu besiegen, die unsichtbar herangeflogen kommt, wenn ein schönes Menschenkind sich selbst zu bewundern gezwungen ist? Ich würde die Frage verneinen, hätte ich Sie nicht gesehen.

Aber ich habe Sie nicht nur gesehen — ich habe Sie gehört. Und ich war berauscht von Ihrer Stimme, ehe ich eine Ahnung hatte, wer es sei, dem solche Töne entquollen. Nicht ohne Rührung, ohne Dankbarkeit, ohne Wehmuth kann ich jener allzu kurzen Stunden gedenken, in welchen sich mir ein Talent, eine Persön= lichkeit, eine Seele offenbarte, die Alles empfunden und gedacht zu haben schien, nur nicht die Herrlichkeit ihrer selbst.

Dergleichen würde ich gar nicht aussprechen, wenn es mir nicht Bedürfniß wäre — und wenn ich nicht wüßte, daß es Ihnen gleichgültig. Denn Sie wollen ja mit den Strahlen, die von Ihnen ausgehen, weder leuchten, noch schimmern, noch blenden, — wie ein Johanniskäfer schweben Sie einher, mit holdem Funkeln. Welch außerordentliche Umstände und Verhältnisse mußten es sein, die Sie eine solche Herzenseinfachheit bewahren ließen, inmitten der Reichthümer, mit welchen ein freundliches Schicksal Sie ausgestattet!

Nun sind Sie doch wohl nach der langen, ermüdenden Reise wohlbehalten auf Ihrem Schlosse angelangt. Und beginnen auf's Neue Ihr volles einsames Leben. Wäre es mir doch vergönnt, ein zweites Mal lauschen zu dürfen, wenn Ihre Finger über die Tasten gleiten und nach einigem Suchen und Träumen sich in einem Adagio von Beethoven befinden — und wenn dann, wie damals, eines meiner Lieder von Ihren Lippen schwebt! Das Beste, was ein großer Maler aus unseren Zügen zu machen weiß, ist doch nichts im Vergleich zu der Verklärtheit, mit welcher dem Musiker zuweilen seine eigenen Melodieen entgegen schweben. Aber wie selten wird uns dieses Glück zu Theil! — und wie schnell verklingt es!

Sie haben mir erlaubt, verehrteste Frau, zuweilen mit Ihnen zu plaudern — verzeihen Sie mir, wenn ich heute in allzu plaudernder Weise beginne. Sobald ich einen ersten Brief von Ihnen erhalte, wird es anders — wird es hoffentlich besser werden. Ich glaube, ich könnte ein Buch über Sie schreiben — aber um an Sie zu schreiben, bedarf ich doch Ihrer Stimmgabel, Ihres Diapasons, wie es die Franzosen reicher und bezeichnender nennen. Jedoch nicht allein das a müssen Sie mir geben — auch Tonart und Motive verlange ich von Ihnen. Denn sonst komme ich immer auf das eine Thema zurück, von welchem Sie am wenigsten hören mögen — auf Sie Selbst.

## II.

Der Tag, an welchem ich hoffen durfte, Nachricht von Ihnen zu erhalten, ist verstrichen — ich muß fortfahren zu harren. Das ist nun freilich hart, — aber ich fürchte nicht, daß das schlimme Sprüchwort, welches sich an jenes Wort knüpft, in diesem Falle Recht behalten könnte. Es gibt Persönlichkeiten, welche beim ersten Begegnen ein so unbedingtes Vertrauen einflößen, daß sie nicht nur jeden Zweifel, nein, jede Frage nach der Berechtigung eines solchen Vertrauens verbieten. Woran das liegt, ist unergründlich. Denn was man nennen könnte: der klare, ruhige Blick, der Klang der Stimme, die milde Wärme beim Händedruck, die vollkommen ungezwungene Geberde — das alles findet sich, wenn auch nur ausnahmsweise, bei unwahren Menschen. Ein großer Maler mag eine solche siegende Persönlichkeit zur Darstellung bringen können — der Dichter kann nur versichern, es sei so. Sind Sie schon gemalt worden, gnädige Frau?

Könnte Jeder componiren, — das, was er zu sagen hat, in Töne kleiden, — es ginge viel ehrlicher in der Welt zu. Nichts Wahreres gibt es als Töne. Freilich nicht um auszudrücken, daß viele Sterne am Himmel stehen, oder daß ein Wanderer durch Dornen und Steine seinen Weg sucht, oder daß der Mai einen Blüthenregen auf Feld und Wiese verbreitet, — aber wohl, um uns zu sagen, wie es in dem Menschen aussieht, der in Tönen spricht. Mehr als jeder derjenigen Charaktere, die unsere großen Tondichter zu schildern versucht, tritt uns ihr eigenes Wesen aus ihren Gebilden entgegen: ihre Hoheit, ihre Anmuth, die Stärke ihrer Leidenschaft, die Tiefe ihres Gemüthes. Selbstredend gilt das alles nur von denen, die Musik als ihre Sprache sprechen, als ihre eigenste wahre Muttersprache, — und solche sind selten genug.

Sie sehen, verehrte Frau, ich komme vom Hundertsten ins Tausendste, um meine Ungeduld zu beschwichtigen. Am liebsten gedenke ich freilich, Ihrer gedenkend, jenes Abends, als ich, schon etwas ermüdet, von der hoch gelegenen herrlichen Ruine zurück- kehrte, einen näheren Fußpfad suchte und still stand, um mich zu orientiren. Die eintretende Dunkelheit machte mich bedenklich, — da hörte ich jene Töne, die mit so magischer Gewalt an mein Ohr schlugen. Ich forsche, woher sie kamen — schlage einen naheliegenden Pfad ein — gelange in ein kleines dichtes Gehölz, durch welches ich mich durchwinde. Plötzlich bin ich wieder im Freien, — vor mir ein mäßig aufsteigender Garten

und hinter demselben ein zierliches Landhaus, das Parterre matt
beleuchtet. Die Töne waren verklungen, — die vordere Thür
öffnet sich, — eine hohe Gestalt tritt hervor und scheint ihren
Blick eine kurze Weile über die Gegend schweifen zu lassen. Dann
tritt sie wieder zurück, und nach wenigen Augenblicken höre ich
leise, leise einen Gesang beginnen, der mich im Tiefsten erbeben
machen mußte. „Wie rafft' ich mich auf in der Nacht, in der
Nacht!" — mir das liebste meiner Lieder. Athemlos lausche
ich, — und als es zu Ende, stürme ich, ohne mir Rechenschaft
zu geben von dem, was ich that, in den offenen Saal. „Verzeihen
Sie mir, gnädige Dame," rief ich aus, — „aber — ich habe
dieses Lied componirt." Sie mußten mir wohl ansehen, daß ich
keine Komödie spielte, — und Sie glaubten mir's.

Es ist vollkommen wahr, verehrte Frau, daß ich damals viele
Wochen lang kein Piano berührt hatte. Sie wollten es mir nicht
glauben, weil meine Finger sich doch leiblich fertig bewegten.
Und ich durfte Ihnen nicht sagen, daß es Zuhörer und vollends
Zuhörerinnen gibt, welche die Finger elastischer machen als wochen=
langes Ueben. Freilich dauert dieser Einfluß auch nur so lange,
als man solche Hörer hat.

Vielleicht erhalte ich morgen den ersehnten Brief. Aber
diese Zeilen sollen ihn nicht erwarten. Denn wenn ich diesel=
ben morgen noch einmal durchläse, sie würden mir unmöglich
scheinen. Leicht findet man sich und sein ganzes Wesen wieder
in den entferntesten Erinnerungen seiner Kindheit — aber in
einem wenige Stunden alten Briefe erkennt man sich nicht mehr.
Ich glaube, wir gleichen den Wetterhähnen, die stets dieselben

bleiben, wenn sie auch der Wind in einer Minute nach allen Himmelsgegenden herum treibt.

Ich hoffe, gnädige Frau, Sie sind nicht meiner Meinung. Halten Sie mich wenigstens lieber für den Mast eines Segelschiffes, der sich so lange aufrecht hält, als der unvermeidliche Schiffbruch ausbleibt. Und zieren Sie ihn durch Ihre Fahne.

---

## III.

Wie freut es mich, verehrteste Frau, daß Sie glücklich zu Hause angelangt. Und wie sehr beglückt es mich, daß Sie freundlich meiner gedacht und mir Ihre Ankunft angezeigt haben. Bald höre ich hoffentlich mehr von Ihnen.

Zu einem Briefwechsel (Sie haben ihn mir zugesagt!) gehört eigentlich vielerlei, wenn er mehr sein soll, als die aufgeschriebenen Mittheilungen dessen, was aus dem Leben des Einen den Andern interessiren mag. Nicht als ob ich diese geringschätzen möchte. Für Familienglieder, die sich lieben, für Freunde, die sich erprobt haben, sind sie in den meisten Fällen ausreichend. Man kennt gegenseitig Denk- und Lebensweise, die Räume und die Menschen, zwischen welchen man sich bewegt, die Arbeiten und die Zerstreuungen, welche Beruf und Verhältnisse mit sich bringen, und kann versichert sein, daß Neigung und Liebe das Kleinste, das Geringste mit Interesse aufnehmen. Man schreibt sich — es ist im höheren Sinne kaum ein Briefwechsel zu nennen: Aber dem Meinungsaustausch noch so bedeutender Persönlichkeiten über die bedeutendsten Fragen der Kunst, der Wissenschaft, des Staatslebens fehlt doch auch das Beste, ohne jene Prämissen, ohne jenen Pulsschlag des Herzens, der Allem harmonische Weihe gibt. In meinem Falle, Ihnen gegenüber, fehlt mir freilich dieser nicht — aber sonst fast Alles. Und vollends — was wissen Sie von mir? Daß ich ein leiblicher Musiker bin und daß Ihr Talent mich entzückt hat. Es ist nur Ihre Güte, die den Wunsch bei Ihnen angeregt hat, mehr von mir zu wissen, Ihre Großmuth, die Ihnen die Zusage abgerungen, mich in Ihr Leben Blicke thun zu lassen. Ob Sie Sich nicht getäuscht sehen werden? — Aber ich verspreche Ihnen zweierlei. Erstens, wahr zu sein — so wahr ein Mensch sein kann und darf, — und zweitens, zu schweigen, sobald Sie mir, wenn auch nur schweigend, sagen, es sei genug.

Hier fängt es schon an herbstlich zu werden. Graue Wolken machen unsern armen Vater Rhein recht grämlich. Er sollte an die Veränderungen gewohnt sein — alt genug ist er dazu! — und doch kann er den Eindruck, den das Wetter auf ihn macht, nicht verbergen. Wie könnte es bei uns armen Menschensöhnen anders sein? Das Wetter beherrscht uns Alle, und es mag eben so philiströs sein als es natürlich ist, wenn wir unsere Gespräche damit beginnen. Wilhelm von Humboldt, wenn ich mich recht erinnere, versichert, daß es ihn nicht berühre; — er sah im Sonnenschein und Regen, im Schnee und im Winde nur stets das gleichmäßig gesetzliche Walten der Natur. Um andauernd in solch' hohen Anschauungen zu leben, muß man aber nicht allein sehr weise, sondern auch sehr reich, sehr gesund und sehr alt sein. Wie stände es vollends um unsere Lyrik ohne alle diese Eindrücke! Man kann die Jahreszeiten und das Wetter nicht identificiren — aber an einem frostigen Regentage hat Heine sein Lied vom „wunderschönen Monat Mai" schwerlich gedichtet.

Zwar -- der Hauptsache nach führen wir unser Wetter mit uns herum. Und so will ich hoffen, gnädige Frau, daß inmitten der Herbstnebel Ihr Gemüth so hold und heiter leuchten möge, als die Venus am klarsten, wolkenlosesten Himmel.

---

## IV.

Ob ich mir Ihr Leben, Walten und Wirken richtig ausmale, verehrteste Frau, dessen bin ich, trotz Ihrer freundlichen Andeutungen, nicht sicher, — aber gern versuche ich es. Ich sehe Sie morgens Briefe schreibend, Ihr Hauswesen überschauend, — einige Zeitungen durchfliegen. Sie werfen den Mantel um, eine kranke alte Wittwe aufzusuchen, welcher der Anblick der Herrin schon Trost ist. — Dann sehe ich Sie, hoch zu Roß, „dem Schnee, dem Regen, dem Wind entgegen" die weite Ebene durchfliegen. Während Sie Sich ausruhen vom schnellen Ritte, nehmen Sie einen Lieblingsdichter in die Hand und lesen zum hundertsten Male, was Sie längst auswendig wissen — und was Sie stets auf's Neue entzückt. So kommt die Stunde des Mahles. Gern leihen

Sie dem Gespräche Ihr Ohr, welches der Gatte mit einigen Freunden führt, und wissen es zu beleben, — wissen es weiter zu lenken, wenn es stockt, — innerhalb der Gränzen festzu= halten, wenn es dieselben übermüthig zu überschreiten sich anschickt. Und endlich sehe — nein, höre ich Sie, in der nächtlichen Stille, wenn Sie Ihrem Flügel — Ihrem „liebsten Freund", wie Sie ihn nennen, — die tiefsten Geheimnisse Ihrer Seele anvertrauen. Armer Freund! er hat keine Ahnung von seinem Glücke.

Wie viel ist Ihnen die Musik, verehrte Frau, — und wie wenig ist sie den Meisten. Wahrlich, mir scheint, je mehr und je Mehrere sich mit ihr beschäftigen, je geringer wird ihre Macht auf die Gemüther. Warum sind die Schätze, die sie bietet, auch so schwer zu heben? Warum bedarf es dazu solcher körperlichen Anstrengungen? — — In der Schweiz, in Tirol begegnet man Fuß= reisenden, deren ganzes Thun und Genießen in der Befriedigung liegt, an einem Tage weite Strecken zurückgelegt, wenig besuchte, möglichst steile Gipfel bestiegen zu haben. Der schäumende Bach dient ihnen nur dazu, die Stirn anzufeuchten, — der Wald ist ihnen nur seines Schattens wegen erfreulich, — auf der Höhe, die sie erreicht, ruhen sie erschöpft aus, und die überwundene Anstren= gung erfreut sie mehr als die große, herrliche Gotteswelt. Und das Erfreulichste ist ihnen, ihre Heldenthaten verkünden zu können, — gleichviel, welchem Publicum!

Wenn ich mir den Cultus ansehe, der heutigen Tages, nament= lich vom schönen Geschlecht, mit dem Piano getrieben wird, dann ist mir oft bange um's Herz. Wie viel verdorbene Zeit, wie viel vergeudete Kraft! Bußübungen und Geißelungen, ohne das leiseste Ahnen der Gottheit. Wie viel edler war jene Kunstübung des reichen Cinque cento, wo der mehrstimmige Gesang in jedem gebildeten Kreise zu Hause war, — wo Niemand sich weigern durfte, an der Ausführung eines Madrigals Theil zu nehmen und es sich nicht um Bewunderungsspende für einen Einzelnen der Gesellschaft handelte, sondern um den gemeinschaftlichen selbst= thätigen Genuß des Schönen. Vielleicht klang es nicht so gut, wie wir es gern uns vorstellen — aber die Aufgabe war eine edle.

Sie werden einwenden, gnädige Frau, daß auch heute durch das selbstlose Wirken vereinigter Kräfte gerade in der Tonkunst Großes und Herrliches, vielleicht nie Dagewesenes erreicht wird. Keiner wird dieser Ansicht weniger widersprechen als ich, der ich solch hingebenden Bemühungen die schönsten Momente künstlerischen Wirkens verdanke! Was uns aber, wie ich fürchte, stets mehr verloren geht, ist jenes tiefere innere Eingehen, jenes Gemüths= leben im Verkehr mit „holden Tönen“. Den wenig Begabten wird es immer schwerer etwas zu erreichen, und die Begabteren mögen sich nicht mit dem begnügen, was sie erreichen können um sich zu erfreuen, — sie streben nach dem, was Andere bewundern sollen. Wer möchte jedoch hier den Ankläger machen? Wen soll man anklagen? Das Kleinste wie das Größte ist das Product der sämmtlichen Triebe und Kräfte und Bestrebungen einer Zeit.

Sie, verehrte Frau, müssen zu Ihrem wunderbaren Spiele spielend gelangt sein. Aber „das Musikväterchen“, dessen Sie erwähnten, war jedenfalls ein echter Meister, und ich begreife, daß Sie ihm eine so dankbare Erinnerung bewahren. Die wenig= sten Lernenden und — die wenigsten Lehrenden wissen, wie schwierig es ist, zu lehren. Was man im Allgemeinen darunter begreift, ist ein armselig Handwerk. Zu einer vollständigen Beherrschung des Lehrstoffes muß sich Menschenkenntniß und Menschenliebe gesellen, wenn es keine Abrichtung bleiben, wenn es Erziehung werden soll. Bitte, sagen Sie mir Näheres von Ihrem „Musikväterchen"!

---×⚹×---

## V.

Womit soll ich anfangen, verehrteste Frau, um Ihren herrlichen Brief würdig zu beantworten? Doch jedenfalls mit dem Danke. Ihre Mittheilungen sind so reich, Ihre Fragen sind so anregend, daß sie alle räumliche und zeitliche Entfernung verschwinden machen. Wie liebe ich meine gute, liebe Musik, der ich schon so viel Glück schulde und der ich jetzt diese große Freude verdanke.

Ich bin nur ein sehr oberflächlicher Kenner der geschichtlichen Entwicklung unserer schönen Kunst, verehrte Frau, — aber so viel weiß ich, daß es keine Bildungsgeschichte einer menschlichen Schöpfung gibt, die anziehender und merkwürdiger wäre. Und gerade das, was so manche bedeutende Männer veranlaßt hat, der Musik eine geringere Stellung anzuweisen als anderen Künsten, gerade das macht ihre Erscheinung so groß, so einzig. Es ist das ewig Bildsame, fast hätte ich gesagt, das ewig Weibliche ihres Stoffes, welches einen Reichthum von Offenbarungen zuläßt,

der nie erschöpft werden wird, nie erschöpft werden kann. Der
Dichter findet stets die gleichen Elemente der Sprache vor, der
Bildner dieselben Erscheinungen in der Natur und Menschenwelt,
an die er sich zu halten hat. Der Architekt steht dem Tondichter
in mancher Beziehung näher, da er nie Gesehenes zu schaffen
trachtet, — aber der Zweck, den seine Schöpfungen haben und
haben müssen, setzt seiner Phantasie Schranken. Die Musik in
ihrer erhabenen Zwecklosigkeit ist unendlich wie die Luft, in der
sie erzittert. Und gleich dieser vermag sie das Verschiedenartigste
zu umschweben und auf das Mannigfaltigste sich zu bewegen. Ihr
unveränderlicher Stoff bleibt freilich der Ton; — aber jede schöne
Stimme ist eine neue Offenbarung desselben, — und nun verei=
nigen sich Wissenschaft, Erfindungskraft, Industrie zur Schöpfung
neuer Klangorgane oder neuer Benutzung der erfundenen. Und
wenn in jeder Kunst jeder eigenartige Genius das, was die Men=
schen bewegt und erfüllt, so aussprechen wird, wie Keiner vor ihm,
so bieten sich dem genialen Tondichter für das, was er zu ver=
künden hat, Organe dar, die seine Vorgänger nicht besaßen, und
eine, wenn auch nicht schrankenlose, doch erstaunlich große Freiheit
in der Anwendung derselben. Die Extreme berühren sich freilich
hier wie überall. Im Reiche der Töne herrscht, trotz der Uner=
bittlichkeit jener Gesetze, welche die Natur selbst gegeben, eine
Ungebundenheit, die den echten Genius zur edelsten Freiheit und
Wahrheit führt, aber dem Aftergenie und dem Stümper erlauben,
das Absurdeste und Ausschweifendste mit einem Scheine von Be=
rechtigung zu versuchen.

Es hat etwas Rührendes, wenn man erfährt, wie durch

Jahrhunderte hindurch scharffinnige Geifter fich abmühen, um nur erft dahin zu gelangen, überlieferte oder felbsterfundene Gefänge feft und klar und allgemein verftändlich aufzuschreiben, — wie man schüchtern taftend verfuchte, einer Stimme eine andere, eine dritte und vierte zuzufügen, — wie man durch fortgefetzte Anftrengungen, die fich größtentheils jeder gefchichtlichen Forschung entziehen, endlich zu den Gefetzen gelangte, welche den Tonfetzer leiten konnten in feinen faft myftisch zu nennenden Combinationen. Und nun die Freude der Schaffenden und der Genießenden an dem glücklich Erlangten! Man beraufchte fich in einem Ueberfchwang von Productionen, — man konnte fich nicht genug thun in der Anwendung, Fortführung, Ausbreitung deffen, was man errungen, bis man über die Gränze hinausging, innerhalb welcher das Echte eingefchloffen. Da dann ein hoher Genius erfcheint, der reinigend, läuternd, mit der Allmacht des Genies fich das Erreichte aneignet, es mit dem Reichthum feiner Seele erfüllt und Unübertroffenes, Unübertreffliches für alle Zeiten hinftellt. Aehnliche Vorgänge wiederholen fich (von weniger mühfeligen Anfängen ausgehend — denn die Grundlagen für alle Tonfetzkunft waren gefunden) in folgenden Jahrhunderten, und wir fehen heute einen Reichthum von Kunftwerken aufgefpeichert, fo gänzlich verfchiedener Gattung, daß man fie kaum als derfelben Kunft angehörig betrachten möchte.

Das wiffen Sie ja aber alles, verehrte Frau, Ihr Mufikpapa hat Sie in alle diefe Anfchauungen eingeweiht. Es muß ein merkwürdiger Mann gewefen fein, diefer alte Muficant, in welchem fich der Erzieher und Schwärmer, der Gelehrte und der

Practicus vereinigt fanden. Sein Unglück sei es gewesen, meinen Sie, daß er sich nie genug thun konnte in dem, was er zu dichten versuchte. Vielleicht! — aber eine solche Schülerin gebildet zu haben, reicht hin für den Inhalt eines Lebens.

Sie wünschen eine Geschichte der Musik zu lesen, ja, zu studiren, geehrte Frau, und ich soll Ihnen die beste bezeichnen. Es gibt aber keine beste. Breit angelegte Versuche, die uns im Stiche lassen, wo wir gerade am sehnsüchtigsten zu wissen begehren, — Einzelforschungen von großem Werthe, aber übermäßiger Ausdehnung, — zusammengeraffte Auszüge, welchen man in jeder Zeile ansieht, wie tief der Verfertiger unter seiner Aufgabe stand. Eine Geschichte unserer Kunst, die doch selbst wieder ein Kunstwerk sein müßte, um ihren Zweck zu erfüllen, bleibt eine Aufgabe für einen Auserwählten aus einem künftigen Geschlechte. Unsere Zeit wird das Verdienst gehabt haben, ein großes und theilweise sehr bedeutendes Material dazu zu liefern. Ich glaube, der Autor müßte ein begabter Tondichter sein. Denn eigentlich durchlebt jeder talentvolle Componist eine Art von Musikgeschichte in sich selbst. Tastend beginnt er, freut sich am Unzulänglichsten, ist entzückt von jeder neuen Errungenschaft, sei es durch die Lehre, sei es durch die Erfahrung, — ist beglückt, wenn er, bei fortschreitender Kunstübung, von so mancher Fessel sich befreit fühlt, — schwelgt in einem Uebermaß des Schaffens, wenn er seiner Kraft Herr geworden — und — ich mag das Bild nicht weiter fortsetzen. Sicherlich ist es auch dem geistvollsten Forscher nicht gegeben, sich so gänzlich zu versenken in den Schaffenstrieb Anderer, in das Gefühl ihres Wachsens und Strebens, ihres Klimmens und —

Ermattens, wie der productive Künstler es vermöchte, — wenn
er es über sich vermag, in der Betrachtung Anderer aufzugehen.

Ja, verehrte Frau, ich habe das Glück gehabt, viele hoch-
bedeutende Männer, ja, so manchen großen Menschen kennen zu
lernen, — und ich durfte mich des Wohlwollens erfreuen Vieler,
die in Kunst und Literatur und in anderen Dingen Herrliches
geleistet haben. War es doch schon in frühester Jugend mein
brennendster Wunsch, solch Auserwählten näher zu treten. Und
ich darf mit gutem Gewissen sagen, es war weder Eitelkeit noch
ein anderes Interesse, was mich dabei erfüllte. Als ich noch
keinen tieferen Blick in das Getreibe dieser Welt gethan, ging
es mir wie Heine mit den Pflanzen, die er eintheilt in solche,
die man essen, und in solche, die man nicht essen kann, — ich
theilte die Menschen ein in Künstler und Dichter — und —
in andere Leute. Es war mir eine unsägliche Lust, mit einem
Manne auch nur einige Worte wechseln zu dürfen, dessen Werke
mich erfreut oder gar begeistert, und die geringste Freundlichkeit
Seitens eines solchen beglückte mich. Allen Erfahrungen, die das
Leben mit sich bringt, zum Trotz, habe ich mir ein gut Stück
dieser jugendlichen Empfindungsweise bewahrt, — meine Erinnerungen an erlauchte Geister sind mir ein kostbarer Schatz. Gern,
verehrte Frau, werde ich Ihrem Wunsche willfahren, und es wird
mir ein doppelter Genuß, Ihnen von denen zu sprechen, deren
Werke Sie vorzugsweise beschäftigen. Was gäbe es auch wohl
Verknüpfenderes, als gemeinsame Verehrung, Bewunderung und
Liebe!

## VI.

Es war reizend, liebenswürdig von Ihnen, verehrteste Frau, in Ihrem letzten Briefe einen so heiteren Ton anzuschlagen. Ich hatte Sehnsucht danach, Sie auch schriftlich einmal lächeln zu sehen. Wie ein Verkehr beginnt, ist nicht ohne Einfluß auf seine Entwicklung. Ein scherzender Anfang wird vielleicht schwerer zu tieferer Innerlichkeit führen, — aber einer, der bei dem Ernstesten beginnt, wird nicht zu ausschließlich darin verharren dürfen, wenn er nicht des Reizes verlustig gehen soll. Wir brauchen dur und moll im Umgang wie in der Musik. Letztere ist gar nicht ohne Grundton denkbar, — ersterer entbehrt desselben nur allzu oft. Man nennt diese Abwesenheit Höflichkeit, — sie ist der Gleichgültigkeit nahe verwandt.

Aber ich werde trotz des guten Beispiels, das Sie mir gegeben, ganz greulich pedantisch. Weg mit sogenannten Gedanken! Lassen Sie mich Ihnen aus meiner Knabenzeit erzählen, — aus jenen schönen Tagen, in welchen man sich die Zeit damit vertreibt, Hoffnungskränze zu winden und gar nicht an die Möglichkeit denkt, daß sie je welken könnten, — aus jenen Jahren, aus denen uns goldene Stunden durch das ganze Leben begleiten.

Es war im Jahre 1825, als ich nach Weimar geschickt wurde, um bei Hummel meine musicalischen Studien fortzusetzen. Ich war ein vierzehnjähriger, ziemlich ernster, etwas altkluger Knabe, aber voll Enthusiasmus für Kunst und Poesie. Der Unterricht des trefflichen Meisters, an dem ich bald mit ganzer Liebe hing, war mir die größte Freude, — aber ein anderer Name war es, der mir unaufhörlich vor der Seele stand und sich bis in meine Träume senkte, — der Name Goethe. Der Gedanke, in derselben Stadt mit diesem Manne, mit diesem Halbgott zu sein, — die Frage, ob es mir wohl je vergönnt sein würde, ihn zu sprechen, — die Begierde, ihn zu sehen, verfolgten mich auf Schritt und Tritt. Da ich jeden Tag zu Hummel ging und mein Weg mich vor Goethe's Haus vorüberführte, trat ich den Gang stets mit jener innern Bewegung an, mit welcher ein Lie= bender nach der Wohnung der Angebeteten schleicht. Zögernden Schrittes spähte ich, ob sich der alte Herr, wie man ihn nannte, nicht am Fenster zeigen werde, — und wirklich gelang es mir ein paar Mal, seine hohen Züge freilich mehr zu ahnen, als zu schauen.

Unter den Lehrern, die ich haben durfte, ja, haben mußte, da ich der Schule allzu früh entlaufen, befand sich auch Dr. Ecker= mann, welchen Sie aus seinen Gesprächen mit Goethe kennen. Er sollte mir Unterricht in der deutschen Literatur geben, und bewirkte das in sehr einfacher Weise, indem er sich Wilhelm Meister's Lehrjahre von mir vorlesen ließ. Gab mir das auch keinen weiten historischen Ueberblick, gefiel mir auch eigentlich am besten darin, daß der Held von allen schönen Damen so freundlich behandelt wird, so war doch der Umgang mit dem guten, naiven, nachdenklichen, Goethe=erfüllten Manne sehr anregend für mich, und seinen Erzählungen aus dem täglichen Verkehr mit seinem Meister lauschte ich, wie Offenbarungen eines Propheten.

So weit gelangt mit der Rückschau nach den „schwankenden Gestalten" aus jener weit entlegenen Zeit, fiel mir ein, daß sich gerade aus dem ersten Jahre meines Aufenthaltes in Weimar ein Tagebuch finden müsse. Und ich fand es, — und gerade mein erstes Eintreten in Goethe's Haus mit solch schul-exercitien-hafter Genauigkeit beschrieben, daß ich nichts Besseres zu thun weiß, als Ihnen eine Abschrift davon mitzutheilen. Seien Sie nachsichtig, gnädige Frau, — nachsichtig mit der Erzählungsweise des Knaben und mit der Nachsicht des ältern Mannes, der sich plötzlich (ich hatte das Buch nie wieder geöffnet) in seine früheste Jugend versetzt sieht.

„Donnerstag, den 30. März 1826.

„Der merkwürdigste Tag meines Lebens. Ich sprach Goethe. — Schon oft hatte Dr. Eckermann mit Goethe über mich ge-sprochen, und ich wäre wohl jedenfalls über kurz oder lang zu ihm geführt worden. Heute früh kam E. zu mir und verkündete mir mit heiterer Miene, daß ihn Goethe so eben habe rufen lassen und ihm gesagt habe, er solle mich heute Abend zum Thee mit-bringen. Meine Freude, meinen innern Jubel kann ich nicht beschreiben, — der Gedanke an den großen Abend, den ich vor mir hatte, wie auch eine gewisse innere Beklommenheit machten mich ziemlich unfähig, den Tag über etwas Ernsthaftes zu unter-nehmen. Eine gewisse Beklommenheit, sage ich, denn ich dachte, Goethe's Anblick würde mich niederschlagen und befangen machen. Mit lautem Herzklopfen trat ich um 6½ Uhr mit Dr. Eckermann ins Goethe'sche Haus, nach dessen Fenstern ich oft so sehnsüchtig hinaufgeblickt. Als ich in die herrlich ausgeschmückten Gemächer trat, fand ich viele der schönsten hiesigen Damen in vollem Putze.

Goethe kam uns sogleich sehr freundlich entgegen; er war schwarz und sehr reinlich angezogen und trug einen großen Orden auf der Brust. Er steht jetzt im achtundsiebenzigsten Lebensjahre, und noch ist sein Gang und seine Haltung gerade, schön und edel, aus seinen Augen blitzt jugendliches Feuer. Eckermann stellte mich vor, Goethe bezeigte in freundlichen Worten seine Freude, mich zu sehen, und weg war alle meine Herzensangst, ganz un= erschrocken und unbefangen stand ich da vor dem herrlichen Greise. Er befragte mich über meinen früheren, über meinen jetzigen Lehrer der Musik, über meinen hiesigen Aufenthalt, die Dauer desselben und dergleichen mehr. G. spricht langsam, sehr deutlich, man merkt ein gewisses Pathos, das sich aber in der Freundlich= keit, mit welcher er zu mir sprach, verlor. Einige unbedeutende Gespräche mit der Frau Hofmarschall von Spiegel und der jungen Frau von Goethe, G.'s Schwiegertochter, folgten. Ich war ver= gnügt, zu sehen, daß man diese Woche (ich war in einem Theater= concert aufgetreten) mit meinem Spiel zufrieden war. Als ich nachher, einige skizzirte Zeichnungen, die an der Wand hingen, betrachtend, stehen blieb, trat Goethe zu mir. Diese Zeichnungen, meinte er, und das war ungefähr der Hauptinhalt des Gesprächs, hätten am Abend ein unscheinbares Aussehen, betrachte man sie bei Tage näher, so erkenne man ihren bedeutenden Werth. Sie seien meistentheils Originalien älterer italienischer Meister, seien ihm werthe und vergnügliche Erinnerungen an Italien, von woher er diese und viele andere mitgebracht. Ich erwähnte einiger Zeich= nungen von seiner Hand, die Schwerdgeburth gestochen, was er beifällig aufnahm und nur bemerkte, daß sie bei ihrer Kleinheit

2*

im Stich nicht ganz correct ausfallen konnten. Seine Schwieger-
tochter kam und wünschte, indem sie um Verzeihung bat, daß es
so früh geschehe, ich möchte etwas spielen. »Die anwesenden
Damen, die alle auf einen Ball gingen und nur mein Spielen
abwarteten, und ihr Schwiegervater wünschten mich zu hören.«
Ich spielte das erste Allegro des A-moll-Concerts von Hummel.
Goethe sagte darauf zu einer der anwesenden Damen: »Aus dem
Schwenken der Federn auf Ihrem Hute sehe ich, wie gut es Ihnen
gefiel.« Die Dame sagte mir selbst, man gebe ihr Schuld, den
Kopf zu schütteln, wenn ihr etwas gefiele. Ich sprach mit Goethe
jetzt nochmals einige Worte über seinen trefflichen Flügel. Die
anwesenden Damen entfernten sich nun alle, bis auf eine Einzige,
die Gräfin (Hofdame) Caroline von Egloffstein. Folgende Männer
blieben: Der Kanzler von Müller, der Präsident Peucer, der
Ober-Appellationspräsident von Zigesar, Dr. H. Schütz, Professor
Riemer, Dr. Eckermann, Geheimer Medicinalrath von Froriep,
Hofrath Lessort, Hofmeister des kleinen Prinzen, und Hofadvocat
Haase (Dichter). Die Männer vertheilten sich. Ich sprach Einiges
mit Dr. Schütz, welcher mir unter Anderem die satyrische Be-
merkung machte, daß man (da ich diese Woche beim Abgehen von
der Bühne etwas große und schnelle Schritte gemacht hatte) füglich
sagen könnte: wenn ich immer solche Fortschritte machte, würde
ich sehr weit kommen. Später versammelte sich ein kleiner Kreis
um die Gräfin von Egloffstein, zu welchem ich mich auch gesellte.
Man sprach viel und manches Bedeutende über Macbeth und die
Aufführung in dieser Woche. Goethe kam später zu uns und
sprach über Manches, unter Anderem sagte er: »Die Exposition

im erſten Theil des Macbeth iſt eine der größten, die je gemacht
worden.« Dann ſprach er von einem engliſchen Stücke, Fauſt,
das zu den Zeiten Shakeſpeare's geſchrieben worden ſei, — des
Namens des Autors erinnerte er ſich im Augenblicke nicht, aber
er erzählte Einiges vom Sujet und nannte das Stück ſehr gut.
Goethe ſtand plötzlich auf und ging auf mich zu. »Nun, mein
lieber junger Mann,« ſagte er, indem er mir freundlich auf die
Schulter klopfte, »kommen Sie und ſpielen uns noch ein wenig,
Sie werden ſehen, wie dann alle die Männer ſogleich heraus=
kommen werden.« Ich phantaſirte — wo ich den Muth dazu im
Augenblick hernahm, kann ich nicht begreifen. G. ſetzte ſich dem
Clavier gegenüber und hörte ſehr aufmerkſam zu. Ich flocht ein
Thema aus Don Juan ein. Nach dem Spielen bezeigte mir G.
abermals in ſehr freundlichen Worten ſeine Zufriedenheit, indem
er das Ganze durchging, beſonders hinſichtlich der Ausarbeitung
des Themas. Ich ſprach nachher noch mit einigen bedeutenden
Männern, beſonders dem Präſidenten von Zigeſar. Es entfernten
ſich nun noch Einige aus der Geſellſchaft, und es blieb nur ein
kleiner Kreis mit der Gräfin von Egloffſtein. G. begann zu
ſprechen, und ſprach von dieſer Zeit an (es war nach 8 Uhr)
bis um halb Zehn beinahe ganz allein und fortwährend. Er
erzählte die luſtigſten Anekdoten von ſich, den Prinzen von Gotha
und tauſend Anderen, und das Alles auf die intereſſanteſte, ich
möchte ſagen, liebenswürdigſte Art. Zum Nacherzählen ſind wenige
geeignet, jedoch behielt ich unter anderen folgende:

Der verſtorbene Herzog von Gotha (bekanntlich zuletzt etwas
verrückt) hatte ſtets eine Pique auf Goethe, ohne daß derſelbe

wußte, wie und warum. Endlich, als der Herzog Goethe einmal besuchte, erzählte er ihm die Ursache dieser Art von Groll. Goethe habe, als er früher einmal am Gotha'schen Hofe gewesen, jenem Herzog und seinem kleinen Bruder (damals Kinder) die Köpfe mit den Händen gerieben und dabei gesagt: »Ihr Semmelköpfe, was wird denn einst aus Euch werden?«

Seit sich der Herzog nun so entladen hatte, war er so freundlich wie möglich.

In Karlsbad, wo jener Herzog mit Goethe zu gleicher Zeit war, hatte derselbe stets einen kleinen Spiegel, den er allen Truthähnen vorhielt und sich unendlich an der Wuth der armen Thiere erfreute.

Als derselbe Herzog einen Sommer in einem Orte unweit Jena, wie gewöhnlich, im Bette zubrachte, beurlaubte sich der Präsident von Ziegesar von ihm, um Goethen zum Geburtstage zu gratuliren. Der Herzog hieß ihn noch warten, alle Leute aus dem Zimmer hinausgehen und schloß sich ein. Nachher übergab er dem Herrn von Ziegesar ein höchst sonderbares Gedicht, begleitet von zwei Düten Dragée und einer Flasche sehr seltenen Weines. Im Gedichte waren diese Geschenke auf eine mystische Art angedeutet. Ziegesar bat Goethen nach Ueberreichung dieser Dinge um ein Gegengedicht an den Herzog, worin aber auch angedeutet werden müsse, daß er diese Geschenke erhalten habe, sonst traue der Herzog nicht. Goethe verfertigte ein eben so sonderbares Gedicht, worin er auf eine noch mystischere Art das Erhalten jener Geschenke und seinen Dank dafür zu verstehen gab. Beide Gedichte müsse er noch haben.

So erzählte der große Mann noch Vielerlei, während die Anderen schwiegen und lachten. Man beurlaubte sich; G. erwiderte auf meinen Dank freundlichst, es habe ihn sehr gefreut, mich bei sich gesehen zu haben, — wonnetrunken eilte ich nach Hause. — Man sagte mir, daß G. lange nicht immer bei so gutem Humor sei, wie er es heute gewesen, — schon Viele wurden durch sein großartiges Wesen so verblüfft, daß sie kaum zu sprechen wußten. Ich kann mir es daher zum besonderen Glück anrechnen, so in sein Haus gekommen zu sein, ihn in so günstiger Laune getroffen und ihn einen ganzen Abend in einem solchen Kreise gesehen und gehört zu haben.

Freitag, den 31. März 1826.

Als ich heute bei Dr. Eckermann war, erzählte mir derselbe von seinem kleinen Gespräche mit Goethe, mich betreffend. »Bringen Sie uns den jungen Mann heute Abend,« sagte Goethe, »aber bringen Sie ihn erst später, um 8 Uhr. Unser Freund ist noch so jung, er wird Langeweile haben.« Keineswegs, erwiderte Eckermann, er wird sich sehr wohl befinden. »Desto besser,« meinte Goethe, »so bringen Sie ihn gleich.« — Die Damen wurden erst später geladen; da einige derselben nicht im Concerte waren, sollten sie mich spielen hören.

So weit das Tagebuch, verehrte Frau. So ungeschickt die Erzählung abgefaßt ist, habe ich doch zu bedauern, mir nie mehr im Leben ein Begegniß ähnlicher Art in ähnlicher Weise aufgezeichnet zu haben.

Die echt wohlwollende schöne Natur Goethe's sollte ich noch ganz besonders bei zwei späteren Gelegenheiten kennen lernen. Mein Vater, ein gebildeter, welterfahrener Mann, kam nach Weimar, um mich zu sehen. Ich wünschte so unendlich, ihn des Glückes theilhaftig werden zu lassen, den größten Dichter zu sprechen, daß ich alle Bedenken niederschlug, ihn ohne Weiteres an die Wohnung desselben geleitete und den Kammerdiener, der mir gewogen war, bat, ihn anzumelden. Goethe empfing ihn augenblicklich, behielt ihn über eine Stunde bei sich und unterhielt sich in so herzgewinnender Weise mit ihm, daß seine Augen voll Thränen standen, als er mir davon erzählte. Und er war keineswegs eine äußerlich leicht erregbare Natur.

Zu Anfang des folgenden Jahres, 1827, sollte ich meinen Meister auf einer Reise nach Wien begleiten. Kurze Zeit vorher war mir ein Stammbuch geschenkt worden, und mein höchster Wunsch war nun eine Zeile von Goethe's Hand. Ohne irgend Jemanden ins Vertrauen zu ziehen, begab ich mich eines Morgens in Goethe's Haus und — der Kammerdiener führte mich ohne Weiteres in den Empfangssaal. Es war mir in meiner Bänglichkeit ein Aufathmen, hier ein paar Minuten allein sein zu dürfen, — das Stammbuch legte ich auf das Fenstersims, um nicht im ersten Augenblick schon als Bittender mich vorzustellen. Goethe trat ein, in einen weißen langen wollenen Rock gekleidet, — nie war er mir imponirender erschienen, als in dieser seltsamen, fast phantastischen Kleidung. Nach den ersten freundlichen Begrüßungsworten sah er das Album am Fenster liegen. Mir alle Verlegenheit, die mein Gesuch mit sich brachte, ersparend, sagte er: „Sieh da, mein junger Freund, das ist wohl Ihr Album! Und Sie wollen, ich soll etwas hineinschreiben? Das soll herzlich gern geschehen." Er frug nun nach den Einzelheiten der bevorstehenden Reise, und entließ mich auf das gütigste. Schon am folgenden Morgen war das Stammbuch wieder in meinen Händen. Ein schmales seidenes Band umschlang das Futteral, ein kleines Siegel verschloß es und das Ende des Bandes bezeichnete im Innern des Buches das Blatt, welches die kostbaren Schriftzüge enthält. Auf der vordern Seite steht:

Ein Talent, das Jedem frommt,
Hast Du in Besitz genommen,
Wer mit holden Tönen kommt,
Er ist überall willkommen.

Weimar, den 10. Februar 1827.          J. W. von Goethe.

Dann folgen auf der hintern Seite die auf die bevorstehende Reise sich beziehenden Verse:

Welch ein glänzendes Geleite!
Ziehest an des Meisters Seite.
Du erfreust Dich seiner Ehre,
Er erfreut sich seiner Lehre.

Ich konnte es nicht unterlassen, die reizenden Verse hier aufzuschreiben, verehrte Frau, da sie die Erzählung einer der schönsten und besten Episoden meines Lebens so heiter abschließen. Aber Sie besitzen dieselben, da sie in den Goethe'schen Werken abgedruckt sind: „Herrn Ferdinand Hiller, Schüler von Hummel," heißt es dort als Ueberschrift; — wie wenig ich damals noch ein „Herr" war, zeigen die Mittheilungen, mit welchen ich diesen Brief angefüllt.

Aber welch ein unendlicher Brief! Ich verspreche Ihnen, Sie nicht leicht wieder so heimzusuchen. Für dieses Mal wird mir Ihre Liebe zu unserem poetischen Heilande Vergebung erwirken.

---

## VII.

„Ob Goethe so glücklich war, wie er groß gewesen?" fragen Sie, verehrteste Frau. Wenn ich Sie, meine hohe Fragerin, nun fragte, was Sie unter Glück verstehen?

Man klagt darüber, daß das allgemeine Gespräch so selten die Dinge berührt, die über das äußerliche Treiben des Tages hinausgehen. Ich glaube nicht, daß Theilnahmlosigkeit an höheren Fragen den wesentlichsten Grund hierzu bildet, — ohne es sich gegenseitig einzugestehen, fürchtet man sich vor Mißverständnissen, die sich unvermeidlich einstellen, sobald man den allerrealsten Boden verläßt. Unter den Worten Gottheit, Vorsehung, Liebe, Poesie, Glück, Freiheit, Gewissen, Ehre, Erfolg u. s. w. u. s. w. denkt sich Jeder etwas Anderes.

Bleiben wir heute beim Glücke stehen, Verehrteste. Jeder strebt danach, Wenige glauben es gefunden zu haben. Man beneidet oder bemitleidet sich gegenseitig, in den meisten Fällen ohne allen Grund. Was weiß denn der Eine vom Andern?

Sich möglichst vollständig auszuleben in der Eigenartigkeit, zu welcher die Natur und die Verhältnisse uns gebildet, erschien mir, seitdem ich ein wenig denken gelernt, der Inbegriff des

Glückes zu sein. „Sehe Jeder, wie er's treibe." — Alles, was die Welt bietet, ist nur Stoff. Suche Jeder davon sich anzueignen, so viel er bedarf.

Je reicher eine Natur gestaltet ist, desto größere Bedürfnisse wird sie haben, — Bedürfnisse der Arbeit, des Wissens, der Freundschaft, der Liebe, der verschiedenartigsten Anschauungen und Erfahrungen, — und ein kleinerer oder größerer Antheil am gemeinen irdischen Besitze wird ihr auch nicht fehlen dürfen. Tritt uns nun eine Gestalt, wie die Goethe's, vor's Auge, und wir versenken uns in das Anschauen derselben, und wir gewahren, was er sich alles erobert hat, um seinen Geist und sein Gemüth auszufüllen, was er alles geleistet hat, um dem Schöpfungstriebe seiner Seele zu genügen, was ihm alles zu Theil geworden von Vertrauen, Sympathie und Bewunderung, so fühlen wir uns gedrungen, einen solchen Menschen glücklich zu preisen. Genau besehen, ist es aber doch nur die Fülle eines solchen Lebens, die wir anstaunen. Diese imponirt uns um so mehr, als sie voll ist von Unerreichbarem. Aber wer kann sich in das Innere eines Goethe versetzen?

Das können wir mit Bestimmtheit sagen, daß er seinem Wissensdrang doch nicht vollständig Genüge geleistet, — und seiner Productionskraft auch nicht, — und daß keine Liebe, die er genossen, ihn vollständig ausgefüllt. Und wir können gar nicht ermessen, wie durchdringend die Schmerzen waren, die er zu tragen hatte, — welche Foltern seine Neigungen ihm brachten, — wie nahe es ihm ging, wenn er mißverstanden wurde, — wie tief ihn die Gemeinheit verletzte, deren Ausfindungen er so vielfach

ausgesetzt war. Ueberwunden hat er das alles. Aber die Kämpfe
der Seele sind nur äußerlich unblutige, — wird kein Blut ver-
gossen, so wird es doch vergiftet, und moralische Verwundungen
heilen langsam, vernarben vielleicht nie.

Ob Goethe im Verhältniß zu sich selbst (und darauf kommt
ja Alles an!) glücklicher war als andere Menschenkinder, mag
auf sich beruhen. Sein schönstes Glück war jedenfalls, so viel
Glück ausstreuen zu dürfen, — und so wollen wir uns vor
Allem glücklich preisen, ihn besessen zu haben, — ihn zu besitzen
auf immer.

Denn was wäre unser Deutschland ohne ihn und seinen
großen Freund!? Rom könnte eher seines Cäsar, Frankreich
seines Napoleon, England seines Cromwell entbehren, als wir
unserer Dichter-Dioscuren. Zwei Sonnen sind es, die uns leuchten, erwärmen, befruchten, — zwei Göttergestalten, die unsere
höchste geistige Heldenkraft verkörpern. Wie eine Doppelkuppel
eines Michel Angelo ragen sie empor über unsere weite Wohnstätte.

Sie lächeln vielleicht ein wenig, verehrteste Frau, über dieses
Schwärmen eines Musicanten, — gestatten Sie es mir immerhin,
es ist die Schwärmerei der Dankbarkeit. Wie oft im Leben,
wenn ich irr und wirr wurde durch so Manches, was ich bewundern
sollte, griff ich zur Iphigenie und fand mich wieder zurecht durch
die Klänge dieser himmlischen Sprache. Und wenn mich die
Schalheit sogenannten künstlerischen Treibens, die Flachheit der
gebildeten Gesellschaft anwiderte, holte ich mir meinen Schiller
und faßte wieder Vertrauen zu dem, was mir zu thun beschieden.
Es ist doch schön, daß es eine Macht gibt, eine menschliche, vor

der man sich mit Wonne beugt, — die Macht des hohen Gedankens, angethan mit der einfachen Umkleidung der reinen Schönheit.

———◦◦◦———

## VIII.

Also Ihnen, verehrte Frau, sind unsere großen Tondichter werther, wichtiger geworden für Ihr inneres Leben als die anderen. Wie hoch stellt Sie dieser Ausspruch, an dessen vollster Wahrheit ich keinen Augenblick zweifle. Er beweist mir (im Grunde wußte ich es jedoch!), daß Sie zu jenen auserlesenen Frauennaturen gehören, welchen das Rechte und Gute so angeboren ist, wie der Rose der Duft, — die ihren Pfad hinwandeln, ohne ihn gesucht zu haben, und ihn nie verlieren, — und die Hemmnisse, die sich auf dem Wege finden, die Disteln und Dornen, die Wurzeln und Steine mit leichter Hand entfernen, mit elastischem Schritte kaum berühren. Wie Sie die Welt und die Menschen zu nehmen, wie Sie das Leben zu fassen haben, um damit ins Reine zu kommen, dazu brauchen Sie keine Unterweisung irgend einer Art. Aber Sie haben das Bedürfniß, anstönen zu lassen, was Ihr Herz bewegt, Ihr tiefstes Innere Sich Selbst zu offenbaren. „Da tritt Musik hervor mit Engelsschwingen", wie der Dichter sagt. Sie gewährt edlen Naturen, die nicht im höchsten Sinne selbst productiv sind (und diese bilden ja nur seltene Ausnahmen), das Glück eines Schaffens, welches jenem der Production nahe kommt, — ja, es im augenblicklichen Genusse vielleicht noch überbietet, — das Glück des Wiedergebens, des selbständigen, selbstbewußten Wieder= gebens der Schöpfungen des Genius. Könnte man nur leichter zu diesem Glücke gelangen!

Denn eigentlich ist es das Beste, was die Musik zu bieten hat, und gern gönnte man es so mancher guten, tiefen, stillen Seele. Das Lied zu singen oder zu spielen, welches der Moment uns nahelegt — oder auch mit beherztem Geist sich der Stimmung des Augenblicks zu entreißen, — ein beunruhigendes Auflodern dämpfend, ein dumpfes Brüten unterbrechend, — das müßte jedem gegeben sein, der sich danach sehnt. Wie manche Thränen würden schneller trocknen, wenn der, welcher sie vergießt, sie sich musicalisch verklärt vor das Ohr zaubern könnte, — wie manche fatale Regung würde schnell unterbrückt sein durch den Jubel frischer Klänge, durch das Einlullen süßer Rhythmen! Und dazu das erhebende Gefühl einer innern und äußern Thätigkeit, — und — warum nicht auch die, kaum zum Bewußtsein kommende Freude an einer Fertigkeit, die doch nicht ohne Mühe und Aus= dauer zu erreichen war?

Dieses Beste und Schönste, was die Musik zu schenken vermag, gewährt sie freilich als höchste Gunst nur dem Einsamen. Wie ich denn behaupten möchte, daß überall das tiefste und beste Empfinden nur dann sprießt, wenn man allein ist, — allein mit sich, — allein in der Natur, — allein mit seinem Gotte. Ja, so paradox es klingen mag, ich glaube, man liebt auch nie stärker, als entfernt vom Gegenstand der Liebe. Doch — das gehört ja gar nicht hieher, und ich komme aus aller Logik heraus.

Sie werden mir aber zuſtimmen, gnädige Frau, wenn ich ſage, daß der Monolog in Tönen, der einzige in jeder Beziehung be= rechtigte, einen Zauber beſitzt, der ſchon durch den ſympathiſchſten, hingebendſten Zuhörer einiger Maßen zerſtört wird. Denn wenn die Befriedigung eines ſolchen uns auch noch ſo ſehr beglücken mag, — wir gehorchen dann in dem, was wir bieten, doch nur in ſeltenen Fällen unſerem unbefangenſten Selbſt, — wir gehören uns nicht mehr ſo an, wie die tabelloſeſte Selbſtſucht es erheiſcht.

Habe ich, verehrteſte Frau, Ihr Verhältniß zur Muſik in dieſen ungenügenden Auseinanderſetzungen halbwegs getroffen, ſo werden Sie auch nicht daran zweifeln, daß mir Ihre Liebe zu unſeren größten Meiſtern als eine der ſchönſten Blüthen Ihrer hohen Perſönlichkeit und Ihrer Begabung lebhaft vor's Auge tritt. Und zweifeln Sie nicht daran, wie Sie es, befremdet, faſt zu thun ſcheinen, daß auch ich mit der treueſten, unerſchütterlichſten Liebe und Bewunderung jenen herrlichen Männern angehöre. Aber das Verhältniß zu denſelben geſtaltet ſich beim Tonkünſtler, beim Componiſten doch weſentlich anders, als bei denjenigen, welchen ſie, wie Ihnen, nur die reinſten Dolmetſcher des Ewigen ſind. Anders erſcheint der geſtirnte Himmel dem ſchwärmeriſch Liebenden, — anders dem Aſtronomen. Es iſt das eine complicirte Sache, verehrteſte Frau, — eine ſo vielfach verſchlungene, daß ſie mir zuweilen ſehr bedenklich wird. Vielleicht wage ich einmal in einer ſchwachen Stunde den Verſuch, ſie Ihnen klar zu machen, — und kläre mich dann auch ſelbſt beſſer darüber auf.

———✦———

## IX.

Trotz dem Glücke, welches Sie, verehrteste Frau, an Ihrem Flügel finden, beklagen Sie es, nicht öfters als Zuhörerin Theil nehmen zu dürfen an Aufführungen im Theater und im Concert= saal. Da Sie Sich inmitten der buntesten Menge innerlich zu isoliren wissen, würden Sie freilich um manche erhebende Stunde reicher werden. Denn auch jene Momente sind groß und schön, wo etwas wahrhaft Bedeutendes alle Welt mit fortreißt und man sich als Tropfen fühlt in den hochaufrauschenden Wogen der Begeisterung. Aber sie sind selten.

Daß Drama, Oper, Symphonie, Oratorium nicht ins Leben treten können, ohne die vereinigten Anstrengungen der verschieden= artigsten Talente, das macht ihre Größe und ihr Elend. Denn sie bedürfen des großen Publicums, — bedürfen desselben, um jene Vereinigung möglich zu machen, — um den Gliedern derselben den Lohn zu spenden, den ihre Arbeit und ihr Ehrgeiz erheischen. Eine große, zusammengeraffte oder sich halb zufällig zusammen= findende Menge Menschen war und ist aber immer und überall fähig zum Edelsten — und zum Erbärmlichsten.

Die Geschichte des Publicums zu schreiben, wäre eine Aufgabe für einen humoristischen Darwin. Entstehung, Wachsthum, Bildung der verschiedenen Arten und Gattungen, Ernährungsweise und Ver= dauung, — die höchste Blüthe und die trostloseste Verkümmerung in verschiedenen Zeiten, unter verschiedenen Zonen, — es wäre ein unerschöpflicher Gegenstand. Welch treffliches Erziehungsbuch würde es abgeben können für junge Tonkünstler und dramatische

Dichter, — oder solche, die meinen, es werden zu sollen. Es ist zwar nicht sicher, daß alle die gerade sich zurückschrecken lassen würden, welchen das Zurücktreten am heilsamsten wäre, denn die Talentlosen sind zuweilen die Verwegensten, — aber es würde doch Manche bedenklich machen, und das wäre schon ein Gewinn. Das berühmte Wort Schiller's, das Sinken der Kunst sei die Schuld der Künstler, ist doch nur halb wahr. Der Einzelne gibt, was er kann, — daß Flaches, Gemeines, Lüsternes, Possenhaftes, Aeußerliches, Uebertriebenes, Geschmackloses, ja, Sinnloses oft solchen Anklang finden können, ist nicht die Schuld Einzelner, es liegt an der Unbildung der großen Mehrheit. Ich höre Sie die Ein- wendung machen, verehrte Frau, das Beste finde doch stets seine Stelle und behaupte sie. Vielleicht! — es ist dies aber in vielen Fällen nicht die Schuld des Publicums, — es ist das Verdienst weniger Einsichtiger und ihrer Anstrengungen durch längere, zu- weilen recht lange Zeit. Und trotz derselben, — wie oft kommt es vor, daß man das Tiefste wieder verachtungsvoll verwirft! Hat man nicht aus den Zimmern, welche Rafael ausgeschmückt hatte, Stuben für bewaffnetes Gesinde gemacht? Hat man nicht in England Shakespeare durch lange Zeiten fast vergessen? Wie langsam entwickelte sich das Verständniß für Goethe? Bewirft man nicht Mozart mit Koth? Letzteres ist freilich bis jetzt nicht dem Publicum vorzuwerfen, — an diesem Götterlieblinge hält es fest. Das ist eben das Humoristische bei Betrachtung jenes vielköpfigen und oft so kopflosen Wesens, daß man alles Gute und Schlimme in einem Athem darüber sagen kann. Es erkennt das Schöne, und es läßt es fallen, — es enthusiasmirt sich für Verwerfliches, und es

pfeift es aus, — es windet dem Genius Kränze, und beklatscht
den Charlatan, — es ist unberechenbar, unzurechnungsfähig, —
und hat Momente, wo es nicht allein achtungswerth, ja, wo es
erhaben erscheint, — es ist nachsichtslos und voller Nachsicht in
derselben Viertelstunde, — und schließlich muß man es doch selbst
mit Nachsicht beurtheilen, so viel Mißbehagen, Aerger, Trostlosigkeit
es oft den Besten verursachen mag.

Denn wie setzt es sich zusammen, auch noch da, wo man, wie
im Concertsaal, nicht ohne eine gewisse Berechtigung von einem
gewählten Publicum spricht. Wer in den Köpfen und Herzen
der Leute lesen könnte, die da so friedlich neben einander sitzen!
An Alles denken sie, an sich vor Allem — vielleicht am wenigsten
an den Zweck ihrer Vereinigung, — das treibendste Element bleibt
die Neugier, — die Mode thut das Ihre, — daß man auch von
der Musik Zerstreuung und Unterhaltung hofft, kann nicht geleugnet
werden, — aber eben so wenig, daß die Wenigsten mehr als das
suchen. Sehr zufrieden dürfen die Ausführenden schon sein, wenn
der Anstand des Aufmerkens beobachtet bleibt, — sehr froh, wenn
Gutes gefällt, — sehr befriedigt, wenn das Schönste begeistert. —
Daß Schlechtes nicht die Palme erringe, dafür kann man an dieser
Stätte glücklicher Weise Sorge tragen. Nicht so im Theater, wo
die Kunst zur Industrie wird.

Aber wie sehr sollte es mich doch beglücken, verehrteste Frau,
wenn ich Sie einmal in einem unserer Concerte unter den Zuhörern erblickte! Trotz allem, was mir die phantastischen Ansprüche
des Künstlers in die Feder trieben, Sie würden leiblich ungetrübte
Freude haben.

## X.

Eine echte, dauernde Freundschaft zwischen zwei Männern ist eine seltene Pflanze, verehrte Frau, — zwischen zwei Frauen aber scheint sie gegen alle Gesetze der Natur. Weder Geschichte noch Mythe, weder Poesie noch Prosa sprechen davon, — man findet sie weder im Christenthum noch im Heidenthum, — so wenig auf dem Olymp wie in Walhalla. Die Bibel spricht von der Liebe David's und Jonathan's, — Castor und Pollux, Orest und Pylades zeigen sich am Himmel und auf der Bühne, — die Annalen des schönen Geschlechtes haben nichts Derartiges aufzuweisen. Es ist dies auch sehr erklärlich. Der Reichthum an goldener Liebe, der in dem Herzen des Weibes aufgespeichert liegt, ist zweifellos größer, als der stark mit Eisenerz versetzte in den Herzensgängen der Männer, — welche Ausgaben haben aber auch die Frauen damit zu bestreiten! Und Sparsamkeit ist im Allgemeinen doch auch nicht ihre Sache; sie halten zwar mit Wenigem Haus, mit Vielem kommen sie aber meistens nicht aus. Und da sollten sie nun nach allen Schätzen, die für die Puppe, die Schulfreundin (eine besondere Gattung von Epheweren), den jüngsten Bruder, den Geliebten, den Bräutigam, den Gatten, den ältesten Sohn und dessen Geschwister verwendet werden müssen, noch genug übrig halten, für die Unkosten einer Freundschaft, die nicht allein große Summen erheischt, sondern auch eine Masse kleiner Münze, die es schwer ist, immer zur Hand zu haben! Der Traum eines solchen Verhältnisses mag von manchen der Besten geträumt werden, — er verwandelt sich

3*

meistens in ein Alpdrücken, und man steht mit Kopfweh auf.
Denn auch den Männern geht es oft genug nicht besser. Mein
Glaube in dieser Beziehung, oder vielmehr in diesen Beziehungen,
steht hier mit der gang und gäbe Meinung im Widerspruch: ich
halte ein freundschaftliches Bündniß zwischen zwei Personen ver=
schiedenen Geschlechtes für das einzige, was Aussicht hat auf
Dauer, ohne an Innigkeit zu verlieren. Aber ich bin weder ein
Menschenkenner noch ein Dichter, habe weder die Wissenschaft
kritischer Erfahrung des Erstern noch die Seherkraft des Letztern.

Letzte Woche gaben wir Beethoven's Eroica. Wären Sie doch
dabei gewesen, verehrteste Frau! Sie wurde vortrefflich ausgeführt.

Diese Beethoven'schen Symphonieen sind sicherlich das Größte,
was unser Jahrhundert in Kunst und Poesie hervorgebracht hat.
„Vous êtes orfèvre, Mr. Jourdain", wird Mancher ausrufen. Aber
man zeige mir Werke solch großartigen Inhalts in so vollendeter
Form, so allgemein menschlich empfunden, und zugleich so originell.
Das Beste und Tiefste, was die moderne Welt bewegt, ist darin
ausgesprochen, und mit solcher Macht, daß es auch jene überwäl=
tigt, die, wenn es in Worten gesagt würde, dagegen auftreten
würden. Hier erscheint die Musik in der ihr eigenartigen Magie,
weil sie die höchsten Regungen der Menschheit zusammenfaßt, ihre
Liebe und ihre Schmerzen, ihre Freuden und ihre Sehnsucht, ihr
Kämpfen und Ringen nach Licht, nach Freiheit und geistiger Kraft
und Größe, das Unaussprechliche aussprechend in klaren, festge=
gossenen Gedanken. Nichts Alberneres gibt es, als alle die Er=
klärungen, die Musiker und Schöngeister, Geistreiche und Gefühlvolle
davon zu geben versucht, — man mag diese Werke musicalisch

zerlegen, wie man jetzt den Bestandtheilen der Sonne auf die Spur kommt, — ihre beglückenden, leuchtenden, erwärmenden, fruchtbringenden Strahlen haben damit nichts zu schaffen, — ihre Göttlichkeit entzieht sich jeder Analyse.

Diese Eroica, was hat man nicht alles darüber gefabelt! Unglücklicher Weise wurde von glaubhaftester Seite erzählt, der Titel habe zuerst „Napoleon" geheißen, und Beethoven habe ihn zerrissen, als jener sich zum Kaiser gemacht. Und nun soll der erste Satz eine Schlacht vorstellen, — oder die Laufbahn eines kriegerischen Helden, — und das Scherzo Kampfspiele, und das Finale eine Apotheose, und Gott weiß! was noch alles. Ueber die Bedeutung jenes erhabenen Klageliedes, welches den Namen Trauermarsch trägt, kann freilich kein Zweifel sein. Beethoven meinte bei Napoleon's Tod, er habe ihm die Musik für den Leichenzug längst gedichtet, — er irrte sich. Auch für einen Napoleon ist das Stück viel zu tief und mächtig, — wenn eine Nation, ja, wenn die ganze Menschheit eingesargt würde, sie bedürfte keiner, hehreren Klänge. Wenn die Eroica einen Helden verherrlicht, so ist dieser Held Beethoven selbst, wie Homer zum Homer geworden, weil er den Achill verherrlicht hat in unsterblichen Gesängen.

Mir, verehrteste Frau, wurden diese Symphonieen ins Herz gegraben, wie keine andere Musik. Als ich, ein 17jähriger Jüngling, nach Paris kam, war die berühmte Concertgesellschaft unter Habeneck's Leitung kurz vorher entstanden. Eine Vereinigung von ausübenden Künstlern, wie sie bis dahin die Welt noch nicht gesehen hatte, setzte ihre ganze Kraft, ihr höchstes Streben daran, jene wunderbaren Werke in der höchsten Vollendung wieder zu

geben. Mit dem ganzen Feuer der Jugend, mit der vollen
Energie des edelsten Ehrgeizes, mit dem sprühendsten Enthusiasmus
ging man ans Werk. Mir war die Vergünstigung zu Theil ge=
worden, die Proben zu besuchen, bei welchen ich mich oft ganz
allein im Saale des Conservatoriums befand. Unter den Wenigen,
die sich außer mir einstellen durften, befand sich Hector Berlioz, der
in diesen Werken eine neue Welt fand, und mit welchem zusammen
ich horchen, bewundern, schwärmen durfte. Es versteht sich von
selbst, daß mir die Symphonieen seit Jahren bekannt waren, daß
ich mich vielfach in dieselben vertieft hatte, — aber die Art, wie
man sie zu jener Zeit in Deutschland aufführte, wenigstens in
den Städten, in welchen ich sie gehört, war im Verhältniß zum
Klang dieses pariser Orchesters das Dürftigste, was sich denken
läßt. So gehörten denn die frühen Morgenstunden, in welchen
ich den Proben beiwohnte, zu den glückvollsten meines damaligen
Lebens, — und sie sind es geblieben. Es war ein stets sich er=
neuernder Rausch im Schönsten und Erhabensten, — ein selbst=
loses Aufgehen, ich möchte sagen, ein wonnetrunkenes Selbstver=
brennen in den Gluthen des Beethoven'schen Feuermeeres. Und
welches Glück fand ich dann in den Concerten, umgeben von jungen,
fanatischen Jüngern des Meisters, und inmitten eines Publicums,
wie ich nie einem ähnlichen begegnet, auflodernd beim Anhören
solch unbegreiflich wunderbarer wie ungeahnter Musik. Daß ich
als deutscher Musiker solchem Triumphe eines deutschen Tondichters
beiwohnen durfte, machte mich vollends stolz und glücklich.

Die Zeit hat meine Liebe zu diesen erhabenen Monumenten
des menschlichen Geistes nicht geschwächt, — aber die lebhafte

Erinnerung an jene ersten Eindrücke hat mich freilich anspruchsvoll gemacht in Beziehung auf ihre Wiedergabe. Könnte ich Ihnen, verehrteste Frau, ich muß es nochmals aussprechen, doch einmal die Eroica vordirigiren!

— ••• —

## XI.

Auch mich, verehrteste Frau, beschleicht oft eine unendliche Sehnsucht nach dem schönen Süden, namentlich nach Italien. — Es gibt zwar Mittel genug, dem „kleinen Elend" des Tages zu entfliehen, man kann sich zurückziehen in Bach'sche Cantaten und verflossene Jahrhunderte, in sich selbst und in Andere, — aber frisch in der Außenwelt leben und zu gleicher Zeit in der Geschichte, eine Natur genießen, die sich zum Kunstwerk erhebt, und eine Kunst, deren Erzeugnisse einem wunderbaren Boden wie Blumen entsprossen scheinen, das kann man nur in jenem bevorzugten Lande. Vergangenheit und Gegenwart verschlingen sich dort in so einziger Weise, daß man, wie es uns von Urwäldern geschildert wird, Mühe hat, die alten Stämme zu unterscheiden in all dem frischen blühenden Pflanzenwuchs, von welchem sie umgeben sind. Auch die schroffen Gegensätze, die uns im Norden so viel zu schaffen machen, Bildung und Rohheit, Armuth und Reichthum, sie erscheinen dort in einem viel milderen, ich möchte sagen, viel versöhnlicheren Lichte. Wir Nordländer begreifen das Elend kaum, wenn es von der Bläue des südlichen Himmels überschattet wird, und alle Welt zeigt dort einen Abglanz des alten Cultus der allgemeinen Schönheit. Als ich zum ersten Male über die Alpen gelangte, hatte ich den Weg über den St. Gotthard eingeschlagen. Die Nacht war ich in Andermatt geblieben, am folgenden Morgen zum Spital gelangt, wo ich einen kleinen Einspänner nahm, dessen Leiter ein schwarzgelockter, sehr dunkelbraun gefärbter Italiener war. Er jagte sein armes Roß die Höhe hinunter, daß schon die tolle Bewegung mein Blut in Wallung setzte. Und wie es denn immer grüner und blühender wurde und an den Seiten des Weges die Weingehänge von Baum zu Baum schwankten, als seien es Festguirlanden, die man aufgehängt, um den Einzug des Wanderers zu feiern, da überkam mich eine freudige Rührung, wie ich sie nicht oft in gleicher glückseliger Weise empfunden. Der Vetturino mochte mir ansehen, wie es mir zu Muthe, und um sich mit mir in Harmonie zu setzen, rief er fortwährend aus: „Che bel paese!“ — und ich wiederholte: „Oh si, che bel paese!“ — und auch heute ruft es laut und sehnsüchtig in mir, wenn ich an Italien denke: Che bel paese!

Wenn eine halbwegs künstlerisch angelegte Natur sich einmal an- und ausgefüllt hat mit aller Schönheit, die uns dort auf Tritt und Schritt entgegenleuchtet, müßte sie von Rechts wegen gefeit sein für's ganze Leben. Es ist leider nicht so! Manche Schönheitsblüthe entwickelt sich in unserer Phantasie zum Fruchtkern, und es erwächst mit der Zeit auch eine neue Blume daraus. Das echte Erdreich, den reichsten Samen wird jedoch immer Mutter Natur in unserem Innern bereitet haben müssen. Und wie viel

hängt dann noch für die Entwicklung von Wind und Wetter ab.
Es gibt Zeiten und Epochen, in welchen den künstlerisch Schaf=
fenden fast jeder Sinn für die Schönheit abhanden zu kommen
scheint, und ich fürchte, wir leben in einer solchen.  Man strebt
nach Neuem, Aufregendem, Aufstachelndem, Wirkungs= oder besser
Effectvollem, — man will überraschen, ja, betäuben, man will,
koste es, was es wolle, tief und geistreich sein, — man verwechselt
das Schöne mit dem Conventionellen, mit dem Oberflächlich=
Glatten, und verachtet es wohl gar, weil man's kaum begreift.  Es
ist freilich nur den auserlesensten Genies in Kunst und Poesie
gegeben gewesen, zu gleicher Zeit tief und schön zu sein, — aber
warum ihnen nicht wenigstens nachstreben!?  Das Schöne ist und
bleibt doch — das Schönste.

Glauben Sie jedoch nicht, verehrteste Frau, daß ich gegen die
große Zeit, in der ich das Glück habe, zu athmen, ungerecht sei.
Vollbringt sie auch ihre höchsten Thaten auf Gebieten, welche mit
Allem, nur nicht mit dem Schönen zu thun haben, so hat sie
nichts desto weniger auch herrliche Schöpfungen im Reiche des
Idealen aufzuweisen.  Sie sprechen mir von dem unerschöpflichen
Reichthum der Schubert'schen Gesänge (die freilich schon ein halbes
Jahrhundert alt sind) und Ihrer Freude, immer wieder etwas
Neues von ihm zu finden, was Sie entzückt oder doch wenigstens
reizt.  Auch hier bietet sich mir die Gelegenheit dar, Ihnen von
ersten Eindrücken zu erzählen, denn ich habe Schubert gekannt und
seine Lieder durch ihn selbst kennen lernen.  Das geschah fol=
gender Maßen.

Als ich im Winter 1827 mit meinem Meister nach Wien

reiste, wo ich Beethoven wenige Wochen vor seinem Tode noch sehen und sprechen sollte, hatten wir Schubert nie nennen hören. Eine Jugendfreundin Hummel's, die frühere Sängerin Buchwieser, damals die Gattin eines reichen ungarischen Magnaten, schwärmte für ihn, oder vielmehr für seine Gesänge, und in deren Hause wurde er dem berühmten Capellmeister vorgestellt. Wir speisten dort mehrmals in Gesellschaft des stillen jungen Mannes und seines Leibsängers, des Tenoristen Vogel. Letzterer, schon ältlich, aber voller Feuer und Leben, hatte sehr wenig Stimme mehr, — und das Clavierspiel Schubert's war, trotz einer nicht unbedeutenden Fertigkeit, weit entfernt, meisterlich zu sein. Und doch habe ich die Schubert'schen Gesänge nie wieder gehört wie damals! Vogel wußte seinen Mangel an Stimme durch innigsten, treffendsten Ausdruck vergessen zu machen, und Schubert begleitete, — wie er begleiten mußte. Ein Stück folgte dem andern — wir waren unersättlich, — die Ausführenden unermüdlich. Ich habe noch meinen dicken, treuherzigen Meister vor Augen, wie er in dem großen Salon seitwärts vom Piano auf einem bequemen Sessel saß, — er sagte wenig, aber die hellen Thränen liefen ihm über die Wangen. Wie mir dabei zu Muthe, vermag ich nicht zu schildern. Es war eine Offenbarung.

An einem der folgenden Tage machte ich Schubert einen Besuch in seinem hochgelegenen, dürftig ausgestatteten Zimmer. Ein ziemlich breites, in ursprünglichster Einfachheit construirtes Stehpult ist mir noch gegenwärtig, — es lagen frisch geschriebene Manuscripte darauf. „Sie componiren so viel," sagte ich zum jungen Meister. „Ich schreibe jeden Vormittag einige Stunden," erwiderte er im beſcheidenſten Tone, — „wenn ich ein Stück fertig habe, fange ich ein anderes an." Der geniale Maler Schwind, den ich in ſpäteren Jahren kennen lernte, erzählte mir viel von jenem, in ſeiner unbefangenen Größe ſo wunderbaren Künſtler= leben. Schwind war mit Schubert auf's innigſte befreundet und wohnte wohl ein Jahr lang mit ihm auf demſelben Hausgange. „Kein glücklicheres Daſein konnte es geben," rief er in ſeiner humoriſtiſchen Weiſe aus. „Jeden Morgen componirte er etwas Schönes, und jeden Abend fand er die enthuſiaſtiſchſten Bewunderer. Wir vereinigten uns in ſeinem Zimmer, — er ſpielte und ſang uns vor, — wir waren begeiſtert, und dann ging es in die Kneipe. Geld hatten wir keins — aber wir waren ſelig."

Schubert's Leben rauſchte hin, — ein ſchäumender Melodieen= ſtrom. Er durchlebte zu gleicher Zeit einen Frühling voller Blü= then, einen Herbſt voller Früchte. Er kannte den ſengenden Sommer nicht, der vielleicht manche der letzteren zu vollſtändigerer Reife gebracht haben würde. Und der Winter wurde ihm ganz und gar erſpart.

Auch hier tritt die Frage nach dem Glück wieder heran, ver= ehrte Frau. Iſt ein früher Tod wünſchenswerth? Daß er einen begabten, geliebten Menſchen poetiſch verklärt, kommt dieſem ja nicht zu Statten. Die Frage wird immer die ſein, ob er ſich aus= gelebt, — wer vermag ſie zu beantworten? Waren Rafael und Mozart erſchöpft, als ſie ſtarben? Ihre letzten Werke zeigen nichts davon. Oder waren ihre körperlichen Hüllen zu ſchwach geweſen für die Arbeit, die ihr Genius ihnen ohne Unterlaß auferlegte? Aber Leib und Seele, das ſind ja veraltete, über=

wundene Begriffe. Mir scheint in meiner philosophischen, psychio-
logischen und physiologischen Laienhaftigkeit, daß die Räthsel des
Daseins immer unauflöslicher werden, je mehr man davon auflöst
oder aufzulösen glaubt.

Jedenfalls wünsche ich Ihnen, verehrteste Frau, ein langes
und volles Leben, um so mehr, als das längste nicht lang und
das vollste nicht voll ist.

## XII.

Gewiß, verehrte Frau, zu diesem Improvisiren vollendet
schöner Lieder gehört die genialste Gestaltungskraft. Schubert ist
freilich auch allzu oft beim Improvisiren geblieben, wo es nicht
ausreicht, — ich meine in seinen größeren und großen Instru-
mental- und Chorwerken. Bei kürzeren lyrischen Schöpfungen
empfängt der Componist vom Dichter nicht allein den elektrischen
Anstoß, der seine Phantasie in sympathische Schwingungen versetzt,
er erhält auch ein fertiges Ganze, welches in der Hauptsache
Maß und Form zu bewahren zwingt. Anders bei reinen In-
strumental-Compositionen oder bei Vocal-Compositionen, in welchen
der Text nur ein Stimmungsthema gibt, das in breiter Entwicklung absolut musicalisch zu wirken hat. Da wird die reichste
Erfindungskraft nicht dazu gelangen, Vollendetes zu schaffen, wenn
sie dem glücklichen Gedanken nicht die bewußtvolle Kritik zur Seite
stellt, wenn sie den Melodieenstrom nicht mit der Kunst des

Wasserbaumeisters in seinem Laufe vor Brandung und Sand=
bank zu wahren, bei seiner Mündung ihm nicht das richtige
Bett herzustellen weiß. Die energische Thatkraft, die dazu ge=
hört, dem kritischen Gewissen Genüge zu leisten, ist auch bei
Hochbegabten die seltenste Eigenschaft und wurde nur Wenigen
gegeben. Dem Erze gleich muß der spontane Gedanke seine
Form erhalten, so lange er glühend, — er erkaltet aber schnell,
und es ist schwer, ihn wieder zum Glühen zu bringen, wenn
man Schmiede=Arbeit daran verrichten will. Hierin zeigte sich
Beethoven so groß, — und um so mächtiger, als das Schmie=
den selbst ihm nicht leicht wurde. Seine besten Werke sind von
einer so festen Plastik, daß sie an den Kölner Dom erinnern,
wenn er in bengalischem Feuer glänzt, — im kühnsten Bau durch=
dachteste, harmonischste Linien, glühend, aber freilich nicht von
kaltem, nur leuchtendem Feuer.

Die Spontaneität, die man so häufig dem Genie zuschreibt,
im Gegensatz zum Talent, welches mehr aus der Reflexion her=
aus, durch ausgebildete Fertigkeit zum Schaffen gelange, ist nicht
entfernt ausreichend, um diese, in Deutschland immer wieder von
Neuem gemachte Eintheilung zu rechtfertigen. Gänzlich spontan ist
überhaupt nur ein kürzerer oder längerer Einfall oder die verhüllte
Gestalt eines größeren Ganzen, und wo nichts Derartiges vorkommt,
da wird auch von Talent nicht die Rede sein können, da hört jedes
irgend nennenswerthe Schaffen auf. Was das Schaffen des Genies
kennzeichnet, ist ein Zusammentreffen entgegengesetzter Eigenschaften,
eine Vereinigung von Neuheit und Natürlichkeit, von Tiefe und Klar=
heit, von andauernder Gluth und Wärme und unermüdlicher

Arbeitskraft. Eine große Fruchtbarkeit mag auch dazu gerechnet werden, ist aber nur dann von Wichtigkeit, wenn die Productionen, wenigstens in ihrer großen Mehrheit, jene Kennzeichen aufweisen. Je weiter der Kreis der Empfindungen und Anschauungen ist, in welchen sich ein Tondichter bewegt, je verschiedenartiger, je prägnanter er dieselben zum Ausdruck zu bringen weiß, desto mächtiger wird er uns erscheinen. Ueber die größten Genies, über solche Künstler, die der Culturgeschichte, der Weltgeschichte angehören, wird man sich, wenigstens nach ihrem Tode, leicht einigen, — sie sind so unendlich selten. Aber sehr schwer, ja, unmöglich wird es oft sein, sich aus einander zu setzen in Betreff genialer Naturen und bedeutender sogenannter Talente. Wenn schon in der Körperwelt die verschiedenen Arten und Geschlechter in einander übergehen, wie viel mehr erst in der Welt des Geistes. Mit scharf abge= gränzten Kategorieen reicht man nicht aus. Schließlich ist es ja auch gleichgültig, welche Stelle in der Hierarchie man denjenigen anweist, die nicht befehlen sollen, deren Thaten nur Gaben sind, die man annehmen oder ablehnen mag. Es gibt genial angelegte Naturen, die nur selten dazu gelangen, etwas Befriedigendes, Allgemeingültiges zu schaffen, weil ihnen die Kraft des Willens fehlt, — und mäßiger Begabte, welche durch eine gewisse Har= monie ihrer Kräfte Treffliches hervorbringen. Manche geben mit übersprudelnder Kraft in jungen Jahren das Beste, was sie zu erreichen bestimmt sind, — Andere wachsen langsam empor und geben im reiferen Alter reifere Früchte. Und dieser Reich= thum in der Gestaltung mehr oder weniger schöpferischer Men= schen ist, abgesehen, vom Genusse ihrer Werke, von so unendlichem

Interesse für den Betrachtenden. Die Chemie hat gezeigt, daß aus denselben Elementen unzählige Körper zusammengesetzt sind, — es kommt auf die Lage und die Stärke der verschiedenen Theile an. Wenn auch nicht nach mathematisch bestimmbaren Verhält= nissen, so könnte man doch die Componisten einer Analyse unter= werfen und zusehen, in welcher Weise und Stärke bei dem Einen und dem Andern die nöthigen Elemente sich vorfinden. Erfin= dungskraft, Wissen, ein feines Ohr, Fertigkeit, Geschmack, Er= fahrung, Wille und Wärme, Geist und Phantasie — das mögen wohl die hauptsächlichsten Bestandtheile sein! Wenigstens wird bei dem Mangel einer einzigen dieser Eigenschaften kein vollen= detes Kunstwerk hervorgebracht werden. Welch eine Unendlich= keit von Zusammensetzungen der Stärke dieser Erfordernisse ist nicht denkbar, — sie ist so wenig auszudenken, wie jede andere. Glücklicher Weise werden die Menschen und ihre Werke bedeu= tend nur durch das, was sie besitzen, und wir sind dem Reichthum gegenüber nachsichtig gegen das, was fehlt. Immerhin werden wir aber weniger nachsichtig sein dürfen Kunstwerken als Per= sönlichkeiten gegenüber, — die Letzteren haben das Recht des Daseins von einer höheren Macht empfangen, — die Ersteren jedoch haben kein Recht zu existiren, wenn sie ihren Endzweck nicht erfüllen.

Ich glaube, verehrteste Frau, ich habe den Fehler begangen, lange Phrasen zu schreiben, um Dinge zu sagen, die sich von selbst verstehen und über die Sie jedenfalls längst im Klaren sind. Ist die Plauderhaftigkeit beim Briefschreiben ein eben so großer Fehler wie im persönlichen Umgange? Sie kommt so

leicht denjenigen gegenüber, denen man sich gern mittheilt. Ist
es der geheime Wunsch, sie festzuhalten, sie möglichst lange an
sich zu ketten? Vielleicht! — schlimm wäre es freilich, gerade
dadurch zum entgegengesetzten Ergebniß zu gelangen. Muß ich
das fürchten?

---

## XIII.

Sie haben Recht, verehrteste Frau, Musik und Religion sind
die beiden Dinge, über welche am meisten Verkehrtes gedacht,
gesagt und geschrieben wird. Glücklicher Weise ist unsere Musik
ein gar unschuldiges Ding, das nie großen Schaden anzurichten
im Stande ist. Sie mag noch so frivol auftreten, noch so sinn=
lich kitzeln, — immerhin wird sie von den schlimmen Anregungen,
welche die plastischen Künste und vollends die Literatur zu geben
vermögen, weit entfernt bleiben, und die ästhetische Unsittlichkeit,
mit der sie behaftet sein kann, wird nur demjenigen schaden, von
dem sie ausgeht. Auch ihre Priester sind ungefährliche Leute. Sie
wollen nicht herrschen, nur gefallen, — unterhalten, — entzücken,
— begeistern womöglich, — etwas Geld verdienen, wie alle, die
es nicht von Geburt aus haben, — sie verlangen von ihrer Re=
ligion nur, daß man daran glaube und — danach singe und
spiele, — haben auch gegen die verschiedenartigsten Culte nicht
viel einzuwenden. Die Eitelkeit ist ihr ärgster Fehler, — er schadet
der Menschheit nicht. Unter sich könnten sie sich hie und da

beſſer vertragen, — es iſt aber damit im Grunde auch nicht ſo ſchlimm beſtellt, nur tritt es mehr hervor, weil ſie ſich eines= theils nöthiger haben und anderntheils ſich gegenſeitig mehr im Lichte ſtehen, als Maler, Profeſſoren, Schriftſteller und andere Leute.

Die Religion, die mit der Muſik gemein hat, daß ſie wie dieſe ein unlösbares Myſterium, ſollte es ihr nachthun und den Gläubigen erlauben, ſich an die Manifeſtationen zu halten, die ihnen am beſten paſſen. Das große Publicum verſteht ja von der Einen ſo wenig wie von der Andern, und die Religionen würden eben ſo unſchädlich ſein wie die Tonkunſt, wenn ihre Prieſter eben ſo wenig herrſchſüchtig wären, als die der Letztern. Unglücklicher Weiſe machen es freilich gerade jetzt viele Muſican= ten den Pfaffen nach und predigen einen einzig und allein ſelig= machenden Glauben, — doch wird man ſchwerlich für die Aus= breitung deſſelben zu Feuer und Schwert greifen.

Vor der Religion hat die Muſik den Vorzug, daß ſie, ohne der Vernunft zu nahe zu treten, viele Menſchen gemeinſam zu erheben, zu enthuſiasmiren vermag. Man wird ſagen, daß ſie der Vernunft nicht allein nicht zu nahe tritt, ſondern daß ſie gar nichts mit ihr zu ſchaffen hat, — und das iſt auch bis zu einem gewiſſen Grade richtig, — denn nur der Componiſt hat ſie nöthig zu ſeiner Arbeit, der Hörer braucht ſie gar nicht heraus zu hören um tief berührt zu werden. Dieſe Schwäche der Muſik bildet einen Theil ihrer Größe und ihrer Macht, — das allge= mein Menſchliche auszuſprechen, iſt ihre Aufgabe. Und ihre Wirkung wird immer hierauf beruhen, auch wenn ſie das Wort und die Handlung und die Schaubühne zu Hülfe nimmt. Für den Componisten hat es allerdings oft etwas Niederdrückendes, sich aus- geschlossen zu sehen von jenen greifbaren, ewig wiederkehrenden Fragen und Kämpfen, welche die Menschheit bewegen. Dagegen ist aber nichts zu thun! Auch wenn die Töne das Wort zu Hülfe nehmen, — das Verneinen ist ihnen nicht gegeben. Das Glück liegt aber im Gegebenen, — und beglücken sollen sie vor Allem.

Nichts bezeichnet stärker das Wesen der Musik, als ihre durch Jahrtausende sich hinziehende Vereinigung mit den Culten der verschiedensten Religionen. Diese gleichen sich ja alle in der Auf- gabe, die sie sich stellen, die Menschen zu erheben über das ge- meine Tagewerk des Lebens, — Trost zu spenden und Hoffnung, die Trauer und die Freude zu verklären, zu Ahnungen zu führen eines höhern Seins. Es ist nicht durch den sogenannten Aus- druck der Worte, durch welchen die Tonkunst hier wirkt, — sie wirkt durch die ihr innewohnende Kraft, durch das Hinausführen aus der Welt, in welcher das Wort regiert.

Bei dem Kampfe, den heutigen Tages, eingestandener Maßen oder nicht, die geoffenbarten Religionen um ihr Dasein führen, ist ihnen jene zweifellose Kraft abhanden gekommen, bei welcher sich die Musik in ihrem Elemente fühlt, und den verschiedenen Kirchen scheint auch an der Hülfeleistung der Tonkunst wenig mehr gelegen zu sein. Man macht wohl hie und da noch Kirchenmusik, — es ist aber nur eine gefällige Zugabe, die mehr den Dilettanten inter- essirt als den Gläubigen. Wird sich im Laufe der Jahrhunderte einstmals wieder eine Religion bilden, die Gebildete und Unge- bildete vereinigt in denselben Empfindungen und Anschauungen?

Niemand wird diese Frage zu beantworten wissen. Aber das weiß ich, daß, wenn es der Fall, die Tonkunst in ihrer ewigen Dauer und in ihrem ewigen Wechsel dann auch Melodieen finden wird, wie sie noch niemals erklungen.

---

## XIV.

Meine „Plaudereien mit Rossini", deren Lectüre Sie, verehrteste Frau, ergötzt hat, geben doch nur ein schwaches Bild von der Persönlichkeit des außerordentlichen Mannes. Erfolge wie die, welche seinen Tonschöpfungen zu Theil wurden, stehen in der Geschichte der Musik fast einzig da. Während eines Vierteljahrhunderts berauschten sich alle cultivirten und uncultivirten Völker in seinen Melodieen, und die Opposition, welche ihm von eingebildeten Nebenbuhlern und von pedantischen Kritikern gemacht wurde, verflog wie Spreu vor dem Sturmwinde des Entzückens, welcher durch Europa toste. Mit Recht konnte der Maestro erwiedern, wenn man ihm den Vorwurf machte, sich zu wiederholen: „Wie sollte ich nicht? Ich höre nichts Anderes." In Italien vollends, wo er 38 von seinen 40 Opern geschrieben, war dies vollkommen wahr, denn auch die jüngeren Componisten, welche später sich mehr oder weniger eigenartig entwickelten, fingen damit an, ihn in Allem und Jeglichem nachzuahmen, — sie behandelten Stimmen und Orchester in seiner Weise, sie nahmen sich seinen Periodenbau zum Muster, wie die Formen seiner breit angelegten Tonstücke, — seinen Melodieenreichthum, sein Feuer, seinen Geist, seine Frische konnten sie nicht erreichen. Der größere Theil seiner Weisen ist jetzt freilich schon verklungen, der Einfluß, den sein Genie in der Entwicklung der Oper ausgeübt, ist aber aus der Geschichte derselben nicht wegzudemonstriren und war der Hauptsache nach ein heilsamer und berechtigter. Jüngere Musiker, die jetzt mit Wegwerfung von Rossini'scher Musik sprechen (meistens ohne sie nur zu kennen), kommen mir vor wie Ameisen, welche die Nachtigall heruntermachen, weil sie nur singt und liebt, während sie sich abarbeiten, um ihre kleinen Nester aufzu= wühlen. Auch die größten geschichtlichen Erscheinungen kann man doch nur dann gerecht beurtheilen, wenn man der Zeit und den Verhältnissen Rechnung trägt, unter welchen sie hervorgetreten. Man entschuldigt Luther, an den Teufel geglaubt, und Friedrich den Großen, sich nur für die französische Literatur begeistert zu haben. Fern liegt es mir, Rossini mit so gewaltigen Menschen vergleichen zu wollen, — um ihn zu würdigen, muß man sich aber in seine Zeit und in sein Vaterland versetzen. Er fand in Italien eine Oper vor, die sich durch zwei Jahrhunderte ent= wickelt hatte, — eine lange Reihe genialer Tonsetzer, die große Erfolge gehabt, großen Ruhm geärntet hatten, deren Werke aber immer wieder von der Scene verschwanden. Keiner dersel= ben hatte Anderes gethan, als auf dem, was der Vorgänger ihm hinterlassen, weiter zu bauen, — etwas Neues zu geben, wenn die Natur ihn dazu befähigt, sich seiner Erfolge zu freuen, so lange sie dauerten, um mit mehr oder weniger Entsagung seinen Platz dem Nachfolger zu räumen. In einer Kunstgattung, die so

abhängig von der Art und Weise der Ausübenden, welche sie zur
Geltung bringen mußten, etwas schaffen zu wollen, was auf
Dauer Anspruch machen konnte, kam Niemand in den Sinn.
Der Tonsetzer wuchs mit der Erfahrung, die ihm durch sein un-
ausgesetztes Schaffen zu Theil wurde, und verflachte sich durch
die Firirung der Manier, in der es ihm gelungen war, sein
Publicum zu fesseln. Hätte Einer oder der Andere auch daran
denken wollen, ein Werk, wenigstens in seinen Einzelheiten, der
gewissenhaften Ausarbeitung zu unterwerfen, welches seit Bach
manche unserer größten Meister anzuwenden uns gelehrt, er hätte
es unter den Umständen, unter welchen er schrieb, kaum ermög-
lichen können. Für ein bestimmtes Theater, für bestimmte Sänger,
für eine bestimmte Zeit mußte die Oper geliefert werden, — und
die Hauptsache war und blieb, daß sie gefiel. Je mehr Stücke
sie enthielt, welche zu guter Stunde entstanden, je besser. Wenigstens wurde Nichts mühsam herausgedrechselt und auch das Ganze
zeigte wenigstens nie die Spuren gewaltsamer und hiedurch un-
erquicklicher Anstrengungen. Die sinnliche Freude an ihren süßen
Gesängen blieb den Italienern die Hauptsache, — sie verhinderte
sie nicht, durch tiefer Empfundenes gerührt, durch kräftig Er-
fundenes begeistert zu werden. Nun denke man sich einen
Jüngling, fast einen Knaben, arm, lebenslustig, voll Witz und
Temperament, überquellend von musicalischer Erfindung, in der
Kindheit schon genöthigt, durch die Musik sich und den Seinen
durchzuhelfen, schnell zur größten Fertigkeit gelangend, dem es
nach wenigen Versuchen gelingt, ein so empfängliches Volk, wie
das italienische, durch seine Melodieen zu enthusiasmiren, ja, zu

fanatisiren, — und wie mag man sich verwundern, wenn er sich
in einem Alter, in welchem Andere sich abmühen ihren Contra-
punct zu studiren, dem Rausch hingibt, den er selbst hervorbringt,
— wenn er es macht, wie er es von den bedeutendsten Ton-
setzern gehört und erlebt, und darauf losschreibt, wo sich ihm
lohnende Gelegenheit bietet, trotz manchen Unsterns sicher, beklatscht, gepriesen, bewundert, geliebt, angebetet zu werden? Und
er mußte Erfolg haben, wenn er nicht Hunger leiden wollte,
— das war aber gar nicht seine Sache. Er liebte das Leben,
wie ein Südländer es zu lieben vermag, mit der heißesten Gluth
der Sinnlichkeit. Während weniger Wochen eine Oper auf's
Papier werfen, sie einstudiren, und wenn sie dann glücklich Abend
um Abend die Menge furorisirte, mit den Freunden im heiter-
sten, übermüthigsten Verkehr den Becher leeren, die schöne Prima-
Donna so lange lieben, als es gehen mochte, das wurde ihm zu
Theil vom achtzehnten Jahre bis zum dreißigsten, und wer wird
ihm, ohne Heuchelei, vorwerfen wollen, daß er es sich nicht ent-
gehen ließ?

In seiner ersten Jugend scheint er in seinem ganzen Ge-
bahren, auch in seiner äußern Erscheinung, so weit sie von ihm
abhing, die sorgloseste Unbekümmertheit um Welt und Sitte an den
Tag gelegt und in seinem Hang zur dreistesten Satyre keine Rücksicht gekannt zu haben. Meyerbeer, der sich bekanntlich in Italien
auf seine späteren dramatischen Arbeiten durch Opern-Componi-
rungen vorbereitete, erzählte mir, daß er's sorgfältig vermieden,
zu jener Zeit mit Rossini in persönliche Berührung zu kommen,
da dieser seine Collegen mit dem tollsten Uebermuth behandelte.

Daß sie ihn fortwährend plünderten oder wenigstens nachzuahmen suchten, konnte ihm freilich nicht imponiren. Allgemach zur großen europäischen Berühmtheit heranwachsend, im Contacte mit der vornehmsten Welt, modelte er sich zum feinsten Weltmann um, und ohne seinem Hang zu lachendem Spotte oder wenigstens zu lächelnder Fronie Einhalt zu thun, konnte er, wenn es ihm beliebte, die Rolle des zurückhaltendsten Gentleman spielen, ohne sich dabei irgend Gewalt anzuthun. Trotzdem er selten ein Buch aufschlug, hatte er sich ein vollendet reines Französisch angeeignet, wie denn sein Organ und seine Aussprache überhaupt vom melodischsten Schmelz waren. Sein schöner Kopf, seine feinen Gesichtszüge, in welchen Schlauheit und Anmuth, Schärfe und Gutmüthigkeit, Zärtlichkeit und Hohn fortwährend ihr Spiel trieben, gaben ihm eine unwiderstehliche Anziehungskraft, und man wußte oft nicht, ob man mehr Gefallen fand an dem was er sagte, oder an der Art und Weise wie er es vorbrachte. Da er viel und gern sprach, gewohnt, daß Jeder ihm gern zuhörte, brachte er nicht selten dieselben Dinge vor, — pikante Themas mit anmuthigen Variationen, — man wurde nicht müde, zu horchen. Als ich ihn in Paris zum ersten Mal sah, mochte er zwei bis dreiunddreißig Jahre alt sein, — er war damals von ungebührlicher Corpulenz, wozu viel Maccaroni und viel Schlaf beigetragen, denn er liebte das Bett leidenschaftlich und hat manche seiner schönsten Sachen, zwischen Wachen und Träumen liegend, hingeschrieben. Es war bei einem Diner im Rothschild'schen Hause, wo ich ihm vorgestellt wurde, — ich mochte bei Tisch wohl ziemlich ernst dreingeschaut und mich sehr still verhalten haben. „Vous êtes l'homme le plus gai que j'ai jamais connu, — c'est à dire après le pape", rief er mir beim Aufstehen zu.

Im Vollgenuß seines Genies und seiner künstlerischen Macht=stellung kam doch nie ein Wort über seine Lippen, welches auch nur im entferntesten an Selbstbewunderung erinnern konnte. Er liebte es im Gegentheil, seine Musik ironisch zu behandeln oder auch seine Richtung, im Gegensatz zu den Leistungen der großen deutschen Meister, zu rechtfertigen. „Wenn Sie mit einem Bauer lateinisch sprechen, und er antwortet Ihnen nicht, wollen Sie's ihm verdenken?" sagte er wohl. „Es ist nicht seine Schuld, es ist die Ihre. Das aber würde meine Stellung gegenüber meinen italienischen Lands=leuten gewesen sein, hätte ich nicht in ihrer Sprache zu ihnen gesprochen. Etwas Neues mit einfließen zu lassen, habe ich denn doch zuweilen versucht, — aber ich durfte nicht zu weit gehen." — „Ich bin der Mann des Pizzicato", lachte er zuweilen, — „die Cavatine ist mein Reich, — aber im Pizzicato excellire ich." — „Wie soll die Opernmusik im Allgemeinen auf einen grünen Zweig kommen?" klagte er auch wohl, — „es ist eine Industrie. Das Theater muß besucht sein, es muß Geld gemacht werden, da hört die Kunst auf." Der Zwiespalt zwischen dem Reiz des populären Erfolges und dem Streben nach dem Idealen hat schon manchem bedeutenden Dichter zu schaffen gemacht, — glücklicher Weise stehen sich die beiden Dinge doch nicht so entgegen, daß nicht dem Genie zuweilen ein Ausgleich gelungen wäre.

Von der Vollendung des Wilhelm Tell muß ich Ihnen aber noch sprechen, verehrte Frau. Rossini hatte ihn, wie er sich ausdrückte, „etwas mehr soignirt," als seine früheren Opern. Den größten Theil des Werkes hatte er mit seiner genialen Leichtigkeit auf's Papier geworfen, d. h. nur die Singstimmen, und hier und da eine kleine instrumentale Figur in die künftige Partitur hinein= geschrieben. Nun ging er an die Instrumentation, und da war ich denn — Sie werden es kaum glauben — oft Stunden lang Zuschauer seiner Arbeit. Gegen 10 Uhr kam der Meister in seinen großen Salon, der die Aussicht auf den Boulevard Mont= martre hatte. Er nahm eine Tasse Bouillon mit einer dünnen Brodkruste, stellte sich dann an ein breites Schreibepult, das in der Nähe des Fensters stand (nicht weit davon befand sich ein sehr mittelmäßiges Tafelclavier), und machte sich an die Arbeit. Ohne angesagt zu werden, fast ohne anzuklopfen, kam von Freunden und Bekannten herein, wer mochte, — den Einen empfing er mit Kopfnicken, mit dem Andern wechselte er einige Worte, plauderte auch wohl einmal ein Viertelstündchen, — der Hauptsache nach blieb er fünf, sechs und mehr Stunden schreibend am Pulte stehen. Es genirte ihn nicht im geringsten, daß ich ihm zuweilen während längerer Zeit und in nächster Nähe zusah, — seine Manier, die Sache anzufassen, verfolgend, — mich an hübschen Einzel= heiten in der Behandlung erfreuend; im Gegentheil, es schien ihn zu erheitern. Er setzte sich auch wohl ans Clavier, spielte und sang ein Stück, von welchem er sich vielleicht noch einmal Rechen= schaft geben wollte, — doch geschah das sehr selten. Die An= wesenden benahmen sich wie in einem Café, — sie bekamen zwar nichts zu kosten, — aber die freieste, lebhafteste, lauteste Conversa= tion war gestattet, und man fühlte sich auch dazu angeregt, da der schreibende Wirth von irgend einer Rücksichtnahme offenbar nichts wissen wollte, und es fast den Anschein hatte, als liebe er's, je toller, je besser.

Ich darf aber diesen Brief nicht zu einem Aufsatz für die Gartenlaube machen, verehrteste Frau, und Ihre Güte nicht allzu sehr mißbrauchen. Ein künftiges Mal mehr vom liebenswürdigen Meister.

<hr />

## XV.

Der kleine Ausflug, den ich gemacht, hat die Beantwortung Ihres letzten, so freundlichen Briefes verzögert, verehrte Frau, — ich konnte mich nicht dazu entschließen, in dem Zimmer eines Gasthofes an Sie zu schreiben. Reisen hat den Vortheil und den Nachtheil, daß man, so weit dies überhaupt möglich, sich selbst untreu wird, — man ist allzu sehr beherrscht von dem Einfluß, welchen die Dinge und die Menschen ausüben. Mäßig genossen, mag es bildend sein, — übermäßig, wirkt es sicherlich verflachend. Ich spreche hier natürlich weder von den Wanderungen eines Commis-voyageur, noch von denen eines Humboldt, — weder von solchen, die den Reisenden, noch von solchen, welche die Menschheit zu bereichern geeignet sind. Das allgemein besprochene Reisen ist doch wohl das zwecklose, — aller Genuß des Schönen wird ja durch Zwecklosigkeit bedingt. Der gewaltige Unterschied zwischen Letzterem und Ersterem liegt aber darin, wie mir scheint, daß wir es bei der Beschäftigung mit Werken der Kunst und der Poesie mit Einzelnem, Abgeschlossenem zu thun haben, in das wir uns vertiefen können, während die unendliche Mannigfaltigkeit dessen, was uns beim Reisen auf Schritt und Tritt in Anspruch nimmt, nothwendiger Weise zerstreuend auf uns wirken muß. Dazu kommen die grellen Gegensätze, welche zwar auch das alltägliche Leben in sich einschließt, die aber, bei dem Umherschweifen in der Fremde, unendlich viel stärker sich geltend machen. Die Bildergalerie und der Gasthof, der Spazir= gang auf den Höhen und die Eisenbahn, das Begegnen unver= geßlich anziehender Menschen und der Verkehr mit unausstehlichem Gesindel! Wohlthuend wirkt dieses alles immerhin als eine wahre Gymnastik unserer geistigen und körperlichen Kräfte, und fördernd, wenn es mit der Zeit in unsere inneren Wohnräume gehörig ver= theilt worden. Aber ist es nicht höchst bemerkenswerth, wie seßhaft die größten Menschen waren, bei welchen das Reisen nicht Bedingung ihres Wirkens gewesen? Napoleon hat sich freilich viel umgesehen in der Welt, und Kaiser Karl der Große nicht minder, — aber Rafael und Michel Angelo, Shakespeare und Newton, Spinoza, Kant, Schiller und Beethoven und so viele Andere der Höchsten und Besten, sie umfaßten die Welt und kamen nicht bis an die Gränzen ihres Vaterlandes. Und das beweist auf's bündigste, verehrte Frau, — daß ich Ihnen nicht schreiben konnte, ehe ich wieder zwischen meinen vier Wänden saß.

Ueberdies habe ich nicht das geringste Talent, Gesehenes zu beschreiben, denn obschon ich vortreffliche Augen habe, sehe ich schlecht, — wie die meisten Musiker! — Nichts ist natürlicher, und doch hat es mich bei meinem vielfachen Umgang mit Malern stets auf's Neue frappirt, welch ein scharfer Blick diesen innewohnt für die Welt der stofflichen Erscheinung. War ich mit ihnen im Freien, so bemerkten sie jeden Lichtglanz, der auf einen alten Baumstamm fiel, jedes Farbenspiel, von einer vorüberziehenden Wolke hervorgebracht. Traten wir in ein Haus, so entging ihnen keine unschöne Linie, keine hübsche Zusammenstellung. Besprachen wir Persönlichkeiten, so schienen diese vor ihnen zu stehen, mit allen ihren Eigenthümlichkeiten in Zügen und Mienen. Und welch ein Gedächtniß für alles, was ihr Blick auch noch so flüchtig er-hascht hatte! Das Geschaute wird ihnen zum Erlebten. Es ist freilich die Grundlage für ihr Schaffen, — aber das ist auch gerade so schön zu beobachten, wie die Natur, wenn sie einen in irgend einer Sphäre vorzüglichen Menschen hervorbringt, an so Vieles und Verschiedenartiges denkt, was ihm vonnöthen. Sollte man nicht glauben, sie hole sich Rath bei einem ganzen Congreß von Violin-lehrern, wenn sie einen Geiger, wie Joachim, in die Welt schickt, und ihm das feinste Ohr verleiht und die geschmeidigste Hand, — das leicht erregte Gemüth und den festen Körperbau? Lagen alle die eigenartig auszustattenden Künstler und Dichter, die Menschen der That und der Erforschung im ersten Schöpfungsplan?

Aber wohin schweife ich! Um zu erklären, warum ich Ihnen während meiner Reise nicht geschrieben, wird mein Brief selbst zu einem unsteten Umherirren. Ich mag aber nicht wie ein Windspiel vor Ihnen erscheinen, welches nach hundert Mal wiederholtem athemlosen Rennen stets wieder zur selben Stelle gelangt. Lieber machte ich's noch wie mein Canarienvogel, der mich mit seinen wenigen, aber stets anders zusammengestellten Motiven wahrhaft entzückt.

Das ist eine echte Künstlernatur, verehrteste Freundin (Sie erlauben mir ja, Sie so zu nennen!). Unbekümmert, ob man auf ihn horcht oder nicht, — gleichgültig gegen Lob und Tadel, — stets allein mit sich und seinen Gedanken, wird er nicht müde, zu singen, — er versucht Neues, — er wiederholt das Gewordene, — er erfreut sich offenbar an seinem Talent, — und das alles in einem kleinen Gefängniß, welches ihm die Welt bedeutet, — und mit einigen Körnern, die er mehr zum Spiel als zur Nahrung zu benutzen scheint. Was mag vorgehen in dem kleinen, ewig beweglichen Köpfchen? Nichts? — oder nur für uns Unergründliches?

Jetzt aber will ich schließen, — verzeihen Sie, — es soll das nächste Mal besser werden.

Nachschrift. Dieses Belgien ist doch ein merkwürdiges kleines Land, — so ereignißvoll in seiner Geschichte, so fruchtbar in Schöpfungen der Kunst! Die Völker wie die Individuen müssen gerüttelt und geschüttelt werden, wenn sie etwas Tüchtiges schaffen sollen, — wie viel muß ein Weizenkorn nicht alles durchmachen, ehe es zum nährenden Brod wird! Wenn es beim Künstler, beim Dichter nicht an die Oberfläche tritt, — die Kämpfe, die er zu bestehen hat, nicht allein mit der Welt, nein, vor Allem mit sich selbst, — sie sind schwer genug, — und die Wunden, die ihm beigebracht werden, sind's nicht minder. Und der Verwundete muß sein eigener Arzt sein, kein Mittel zum Gesunden hilft, was er nicht selbst ausfindig gemacht oder das er nicht zu gebrauchen erräth. Und wie oft erzeigt sich keine Cur stichhaltig, — kein Balsam schmerzenstillend? — Bitte, verehrteste Freundin, schreiben Sie mir recht bald wieder.

***

## XVI.

Sie glauben, verehrte Frau, es könne wohl kaum eine größere Freude auf Erden geben, als die des Componisten, der ein eigenes Werk hört. Abgesehen davon, daß man bis jetzt keine Wage erfunden hat für die verschiedenartigen Freuden der verschiedenartigen Menschenkinder, so gibt es wohl kaum einen Genuß, bei dem das Sprüchwort: „Keine Rose ohne Dornen" treffender angebracht wäre. Bedenken Sie, was sich alles zu vereinigen hat! Erstens muß das eigene Werk dem Schöpfer gefallen. Vom lieben Gott heißt es freilich in der Bibel: „Und er sah, daß es gut war", — das war aber eben der liebe Gott. Ich habe das Vertrauen zu meinen Collegen, daß sie nicht allzu oft in den gleichen Fall kommen, — was mich betrifft, so geschieht es mir selten genug. Der liebe Gott hatte aber noch andere Vortheile vor den Componisten: er besorgte den Gedanken und die Ausführung, — und er hatte damals noch kein Publicum, da er ja eben erst im Begriffe war, den Grund zu einem solchen zu legen. Fiele es ihm heutigen Tages noch ein, neue Sachen zu produciren, er würde vielleicht keine so unbedingte Befriedigung von seinen Schöpfungen haben.

Ich habe mein: „zweitens" und „drittens" in diesen frommen

Betrachtungen vorweg genommen, — die Ausführung eines Ton=
werkes muß vortrefflich und die Zuhörerschaft eine theilnehmende,
verständnißvolle sein, wenn der Tondichter eine ungetrübte Freude
erleben soll. Gottlob, es kann dazu kommen! Am leichtesten,
wenn der Componist es sich selbst vorführt ohne jeglichen Zuhörer,
— dann hat er das denkbar dankbarste Publicum, und der Vor=
trag ist immer gut genug, weil der Autor ja weiß, wie es gemeint
ist. In diesen Fall kommen wir zuweilen, wenn wir etwas Neues
aufgeschrieben, — in den ersten Augenblicken scheint es wunder=
voll, wenn es auch oft genug am folgenden Tage in den Papier=
korb wandert. — Ferner kann uns ein wahrhaft ungetrübtes Glück
bereitet werden durch den Vortrag eines uns sympathischen Talents,
— wenn ich zum Beispiel meine Lieder von Ihnen gesungen höre,
wie damals! — oder ein echter Künstler uns unsere Composi=
tionen vorträgt. Es kann sich dann das Eigenthümliche ereignen,
daß eine fremdartige Auffassung uns gänzlich gefangen nimmt
und ein Bekanntes, uns Angehöriges, halb und halb den Reiz
eines Neuen erhält. Eine kleine und kleinste Zuhörerschaft ist
dann mehr als ausreichend, wenn es eine hingebende ist, — wo
nicht, bleibt auch sie am besten fern.

Je zusammengesetzter nun aber das aufzuführende Werk, je
größer die Anzahl der Organe, deren es benöthigt, je bunter das
Publicum, dem es vorgeführt wird, um so geringer werden die
Thancen großen Glückes für den Componisten, sei es, daß er als
Leitender oder als Lauscher zugegen, — im letzteren Falle wird er
oft genug zum Leidenden. Selbstthätig als Dirigent, kommt er durch
die Angespanntheit seines ganzen Ichs über Manches leichter

hinweg, wenn ihm auch Anderes doppelt verdrießlich. Denn an einer großen musicalischen Aufführung betheiligen sich ganze Schwärme unsichtbarer Dämonen, die der Mehrzahl nach feindlich gesinnt sind. Der Eine jagt einer ersten Sängerin einen schnöden Zugwind auf die entblößten Schultern, — der Andere reißt einem ersten Geiger in einer lautlosen Pianostelle eine Saite entzwei, — ein Dritter stiehlt einem Bläser im wichtigsten Moment ein kleines Stückchen Athem, — ein Vierter zeigt einem weiblichen Mitgliede des Chors, gerade, wenn der Dirigent sie ins Auge faßt, den Auserwählten in einem fernen Winkel des Saales sitzend. Soll ich die kleinen Unarten, Bosheiten, Verräthereien dieser schlimmen Geister noch weiter aufdecken? Ich kenne sie alle, — aber vielleicht kommt dieser Brief einem derselben unter die Augen, und um Rache zu üben, spornt er seine Scharen zu neuen Greuelthaten an.

Dazu die unendlich gesteigerte Sensibilität, der man in solchen Momenten oder Stunden zum Opfer fällt, und gegen die nicht anzukämpfen ist, wenn man sie nicht in die vollkommenste Gleichgültigkeit verwandeln will. Jeder falsche Accent eines Sängers wird zum Nadelstich, — jede Lauigkeit im Chor und Orchester berührt doppelt stark, weil man sie nicht der Unzulänglichkeit der Ausübenden, sondern der des Werkes zuschreibt. Ein einzelner Tact, der vielleicht zu viel, erhält eine Dauer, die eine ewige scheint, — jeder unschöne Klang, an welchem oft nur ein ungeschickter Musicant schuld ist, schreibt man der eigenen Ungeschicklichkeit zu. Gefährliche Stellen erweitern sich zu Abgründen, die Alles zu verschlingen drohen, — das berüchtigte Kanonenfieber mag von ähnlicher Natur sein. Und wahrlich, verehrte Freundin, es ist lange nicht so leicht, als es sich ansieht, inmitten aller dieser innern Aufregung die dem Dirigenten nöthige Ruhe und Umsicht zu bewahren, — in diesem Doppelleben, den Kräften, die man leiten soll, mit unerschütterlicher Festigkeit zu gebieten.

Aber nehmen wir den seltenen Fall an, eine Aufführung gelinge so vollständig, daß auch für den Componisten selbst kaum Unwesentliches auszusetzen gewesen sei, wie steht es mit den Ein= drücken, die er vom Publicum empfängt? Ein Heuchler würde der sein, der behauptete, Kundgebungen des Beifalls seien ihm gleichgültig. Aber um beglückend zu wirken, dazu sind sie doch selten angethan. In erster Reihe werden sie den Ausführenden zu Theil, und herzlich seien sie ihnen gegönnt, wenn sie ihre Sache gut machen, wird dann auch der Componist über seinen Dolmetschern vergessen! Nicht immer werden sie ferner denjenigen Stücken zu Theil, welche der Componist, mit Recht oder Unrecht, für die bedeutenderen hält, — oft genug werden sie solchen ver= sagt, die wirklich, wie die Folgezeit es lehrt, sie verdient hätten. Und ereignet sich das Beste, — zündet es da, wo es zünden soll, und der Tondichter wirft einen dankbaren Blick in die Reihen der Zuhörer, — wie wird ihm dann zu Muthe! Hier fällt sein Auge auf eine lachende Gruppe, — dort begegnet es einem flüsternden Paare, das weit entfernt weilt von dem, was vorgeht, — wieder an einer andern Ecke beschäftigt sich eine Schöne enthusiastisch mit den Falten ihres Gewandes. Wie albern, wie kleinlich, wie kindisch es erscheinen mag, — einige wenige Wahr= nehmungen solcher Art verderben alle Freude oder schmälern sie

wenigstens für den Augenblick in unverhältnißmäßiger Weise. Die
wohlthuendsten Beifallsbezeugungen bleiben freundliche Freundes=
worte, welchen man anfühlt, daß sie nicht allein gut gemeint,
sondern auch in Wahrheit empfunden sind. Aber auch diese
müssen zur rechten Stunde kommen, nicht als moutarde après
diner.

Vieles von dem, was ich hier vorgebracht, verehrteste Freundin,
tritt in seiner ganzen Schärfe nur bei ersten Aufführungen neuer
Werke hervor. Ist ein solches durchgefallen, so bleiben weitere
Aufregungen erspart, — erlebt es öftere Wiederholungen, so
stumpft sich die Empfänglichkeit für die guten und schlimmen
Momente mehr oder weniger ab. In welchem Grade, hängt
nothwendiger Weise von der Individualität des Componisten ab.
Rossini z. B., dem mehr als irgend einem Componisten dieses
Jahrhunderts Gelegenheit gegeben war, sich an seinen Opern zu
erfreuen, da sie durch lange Zeit, wenigstens dort, wo er lebte,
die ersten Birtuosen zu Dolmetschern hatten, unterhielt sich, während
die Malibran die Desdemona sang, mit einigen Logenschließerinnen
der italienischen Oper in Paris, — in den Zwischenacten spazirte
er dann, mit Freunden und Bekannten plaudernd, im Foyer
umher. Er zeigte eine vollständige Gleichgültigkeit, die aber viel=
leicht doch geringer war, als es den Anschein hatte. Von Auber
wurde mir versichert, er habe nie einer Vorstellung von einem
seiner Werke als Zuhörer beigewohnt und dieselben nur in den
Proben gehört. Von Meyerbeer hingegen habe ich die Ueber=
zeugung, daß er über eine wenig gelungene Aufführung, und
wäre es die hundertste gewesen, eben so verstimmt sein konnte,

als werde die Oper zum ersten Male gegeben. Ganz eigenthümlich war es mit Schumann, wenn er eigene Werke dirigirte,
— er vertiefte sich dabei ganz und gar in seine Partitur und
schien seine Musik so vollständig und vollendet mit seinem innern
Ohre zu hören, daß er nur bescheidene Ansprüche an die Ausführenden machte und sich oft höchlich erfreut zeigte, wenn man zu
fürchten hatte, er werde sehr unzufrieden sein. Hector Berlioz
dagegen ging ganz auf in seiner Dirigenten-Thätigkeit, und war
so sehr damit beschäftigt jeden einzelnen Instrumentalisten zu
leiten, anzustacheln, zu festigen, daß ihm ein gut Stück des
Totaleindrucks dabei verloren gehen mußte. Felix Mendelssohn
war der sichere Meister im Dirigiren wie im Componiren, —
und bei allen künstlerischen Vorzügen Meister seiner selbst, wie
er denn, zufrieden oder unzufrieden, in seinen Aeußerungen im
Allgemeinen auf die anmuthigste Weise Maß zu halten wußte.

Reiner, ungetrübter erfreuen, als das Anhören eigener Werke,
kann oft die Leitung eines bekannten und anerkannten Meisterwerkes, an dessen Ausführung man seine ganze Kraft gewendet,
und welches nun mit Enthusiasmus aufgeführt und aufgenommen
worden. Die Hingabe an den hohen Menschen, der in seiner
Dichtung verklärt vor uns steht, wird so vollständig, daß man
sich fast Eins mit ihm fühlt, — hier, wie vielleicht nirgends,
paßt das Wort Schiller's: „Ist er der Glückliche, darfst du der
Selige sein."

## XVII.

Ja, verehrteste Frau, im Allgemeinen wird man wohl als sicher annehmen können, daß den Meisten, die es treiben, das Dirigiren eine Lust ist. Wenn auch in noch so beschränktem Maße und noch so vorübergehend, es ist immerhin die Ausübung einer Macht, — und welch magischen Reiz der Besitz auch nur eines kleinsten Stückchens von dergleichen ausübt, davon ist die sogenannte Weltgeschichte voll, und die Schicksale des kleinsten Fleckens würden es darthun, wenn es sich der Mühe lohnte, danach zu forschen. Ich gestehe, daß ich den Zauber dessen, was man Macht nennt, nie empfunden habe, — es ist mir eben so unerquicklich Andere zu behelligen, als von diesen behelligt zu werden. Daß ich trotzdem gern, zuweilen leidenschaftlich gern dirigire, darf ich wohl vor Allem meiner Liebe zur Musik zuschreiben, und mehr der Wirkung, die diese Thätigkeit auf mich ausübt, als derjenigen, die ich damit auf Andere übe. Sie gibt mir nämlich die Empfindung, welche nach der allgemeinen Annahme einen Fisch im Wasser durchbringt, — vorausgesetzt, daß das, was mir zu leiten obliegt, mir nicht mißfalle. Zu entzücken braucht es mich nicht, um mir das angenehme Bewußtsein zu geben, mehr als bei irgend einer andern Sache ganz in meinem Elemente zu athmen.

Und doch muß beim Dirigiren noch etwas Eigenthümliches im Spiel sein, wenn man sieht, wie gehoben sich Leute dabei fühlen, welchen lediglich nichtssagende Aufgaben zufallen, und die es kaum zu handhaben verstehen. Beobachten Sie den Musik=

Director im kläglichsten Theater, in Räumen, wo die Musik keine andere Aufgabe hat, als ein zerstreuendes Geräusch hervorzubringen, überall sehen Sie einen Menschen, dem die Genugthuung, eine höhere Stellung, einen bevorzugten Platz einzunehmen, aus jedem Zug, aus jeder Bewegung hervor leuchtet. Im Gegensatz hierzu finden Sie freilich auch nicht selten befähigte Musiker, denen man es anfühlt, wie blasirt sie von einer Thätigkeit sind, die ihnen durch lange Zeit auferlegt worden, — mit unzulänglichen Mitteln oder im Verkehr mit Werken, die ihnen theilweise gleichgültig, theilweise widerwärtig. Soll jene künstlerische Freude dem Dirigenten zu Theil werden, die nicht darin liegt, als der Herr Hof-Kapellmeister von einer Anzahl Menschen hochachtungsvoll begrüßt zu werden, so müssen sich tüchtige oder doch mindestens bildsame und von gutem Willen beseelte Kräfte darbieten, die vertrauensvoll sich dem Leitenden unterordnen, — nein, mit ihm von gleichem Streben beseelt sind. Dann liegt etwas von der Lust des Schaffens darin, seine Intentionen darlegen zu können und begriffen zu sehen, ein Schönes, das man innerlich erschaut, gleichsam aufzubauen, — Sensationen, die uns durchströmen, wie durch eine elektrische Kette in demselben Momente von Anderen getheilt zu fühlen. Dazu kommt eine reizvolle Täuschung, der man sich wissentlich, aber mit Beseligung hingibt, — man glaubt nämlich Orchester zu spielen und Wirkungen zu erzeugen, die doch vor Allem im Talente der Ausübenden begründet sind. Doch ist nicht zu leugnen, daß auch, abgesehen von dem Stücke unentbehrlicher Thätigkeit des Dirigenten, sein Einfluß ein unberechenbarer sein kann. Ist seine Persönlichkeit eine achtunggebietende, so werden die Ausführenden sich zu erhöhter Anstrengung verpflichtet fühlen, — sie werden eingehen in seine Winke und Wünsche, sich identificiren mit seiner Auffassung und sich gegenseitig gleichsam inniger, innerlicher mit einander verbinden. Das geheime Verständniß, welches sich nach längerem musicalischen Zusammenleben bildet zwischen dem Dirigenten und den einzelnen Gliedern einer Capelle, gehört zu den feinsten unter Menschenkindern waltenden Beziehungen. Eine Kopfneigung, ein Blick, eine oder die andere Weise das Stäbchen zu schwingen, sogar eine scheinbare Theilnahmlosigkeit, bringen Nuancen im Vortrag des Einzelnen und der Gesammtmasse hervor, die durch Worte einer längeren Erklärung bedürften. Der beschleunigte Pulsschlag des Dirigenten, seine wachsende Freude am Gelingen der Aufgabe, sein sich steigerndes Entzücken an der Schönheit eines Werkes, alles das theilt sich den Ausübenden mit oder entsteht bei ihnen zu gleicher Zeit. Das Humoristische ist dann, daß das Band, welches eine so verschiedenartig zusammengesetzte Vereinigung umschlingt, mit dem letzten Accord wegfliegt, — jeder Einzelne geht seiner Wege und sucht so schnell wie möglich wieder das zu erreichen, was ihm für sein allerindividuellstes Dasein noth thut, — der einen Augenblick zuvor beseelte Körper zerfällt in seine Atome.

Ob das Dirigiren schwer? verehrteste Freundin, — es ist im höheren Sinne dem unmöglich, welchem gewisse Eigenschaften nicht angeboren sind. Und zwar verstehe ich darunter nicht jene Gaben, welche jedem Musiker verliehen sein müssen, wenn er über den professional man hinaus kommen soll. Man kann ein

großer Componist sein und alles Wissen und alle Erfahrung
haben, die neben genialer Erfindungskraft dazu gehören und doch
zum Dirigenten so wenig taugen, wie ein Tänzer zu einem
Parlamentsredner. Persönlichkeit und Charakter, Selbstvertrauen,
Energie, Geistesgegenwart, Geschmeidigkeit, auch die Gabe des
Wortes sind erforderlich, dann ein gewisses Entäußern seiner selbst,
das ich dem Talente des Schauspielers vergleichen möchte, und
welches in dem vollständigen Eingehen und Aufgehen in eine
fremde musicalische Persönlichkeit zur Anwendung kommt, — die
Sicherheit, im vorher bestimmten Augenblick sich durchaus der bestimmten Aufgabe hingeben zu können, — und die körperliche
Kraft, sie ohne Ermattung durchzuführen. Ein Stück Virtuosen-
natur gehört zum Dirigenten, wenn es auch nichts Greulicheres
gibt, als den Dirigentenvirtuosen, — ein Stück Feldherrn-
talent nicht minder, — doch sei das in vollster Anspruchslosigkeit
und ohne alle Hoffnung auf einen Marschallstab gesagt, und nur
aus dem Ahnen hervorgehend der Erfordernisse einer so unglück-
selig erhabenen Thätigkeit. Und ohne eine Dosis Glück geht es
mit alledem doch nicht, — ohne das Glück, viel Schönes und
Gutes, schön und gut gehört zu haben, und ohne das andere,
tüchtige Kräfte leiten zu dürfen. Das berühmte Wort Lessing's,
Rafael würde auch ohne Arme der größte Maler gewesen sein,
ist, ich bitte den großen Mann um Verzeihung, — ist falsch,
— Rafael würde ein großes Malergenie verborgen mit sich
herumgetragen haben, — aber nicht allein zur Offenbarung wäre
es nicht gekommen, es wäre auch nicht complet gewesen, denn
die Malerhand gehört zum Genie desselben. Und ohne genügende

Kräfte kann der begabteste Dirigent nichts leisten, was ihn be=
friedigte und sein Talent vollkommen kundgäbe.

———•×◦×•———

.

## XVIII.

Moritz Hartmann ist gewiß einer der liebenswerthesten, an=
ziehendsten, begabtesten Menschen, die man finden kann, verehrteste
Frau. Leider ist er seit längerer Zeit bedenklich erkrankt, und
ich fürchte, er wird uns allzu früh entrissen werden. — Sein
Tod würde eine unausfüllbare Lücke lassen bei Allen, die ihn
lieben, — und deren sind Viele, unendlich Viele.

. Ich sah ihn zu den verschiedensten Epochen seines bewegten
Lebens und konnte die Fortschritte beobachten, die er als Mensch,
als Mann machte. Zuerst begegnete ich ihm vorübergehend in
Dresden, — dann sah ich ihn zur Parlamentszeit in Frankfurt.
Später verkehrte ich in Paris viel mit ihm und wir machten
eine Reise nach England zusammen. Nachdem ihm die Wieder=
kehr ins Vaterland gestattet, hielt er sich eine Weile am Rhein
auf, und nach seiner Verheirathung besuchte ich ihn in Genf und
in Stuttgart. Jetzt lebt er in Wien, und ich werde die erste
Gelegenheit benutzen, die sich mir bietet, ihn dort aufzusuchen.
Auf's verschwenderischste hat die Natur diesen Liebling der Menschen
und der Götter ausgestattet. Sie gab ihm Schönheit der Züge,
einen bestricke den Klang der Stimme, feine, schnelle Sinne, Ein=
bildungskraft und Gedächtniß, die Gabe der Rede, das Talent

des Dichters, mannhaften Muth und ein warmes Herz. Den
Frauen gefiel er allzusehr, um nicht vielen Männern ein Gegenstand der Abneigung zu sein, — aber im Allgemeinen gewann
er doch auch seine Nebenbuhler für sich, — wenn er wollte, war
er eben unwiderstehlich. In seinen früheren Jahren warf man
ihm Eitelkeit vor. Es ist mit dieser Beschuldigung eine eigene
Sache. Wenn Jemand Wohlgefallen an sich zeigt, der am besten
thäte, sich wie eine Schnecke ins Haus zurück zu ziehen, so
lächelt oder lacht man wohl auch, aber ohne Mißwollen, — es
ist kein Grund zum Neide da. Kann sich aber Jemand fortwährend Huldigungen kaum entziehen und läßt sich dieselben
ohne Ziererei gefallen, so schilt man ihn eitel, während doch
eigentlich nur der so genannt werden dürfte, der dergleichen verlangt und sich verletzt zeigt, wenn es ihm nicht zu Theil wird.
Von Letzterem war aber bei Hartmann nie eine Spur zu finden, —
von jenem ängstlichen Abwehren jedes freundlichen oder schmeichel-
haften Wortes freilich eben so wenig. Aber gerade Dieses verbirgt oft leidigen Hochmuth und ist durchaus kein Beweis von
Bescheidenheit.

Sie kennen ja, verehrteste Freundin, viele von Hartmann's literarischen Erzeugnissen, in Versen und in Prosa, und aus be-
freundetem Munde haben Sie von seinen Schicksalen, seinen Reisen,
auch wohl von manchen leidenschaftlichen Zuneigungen gehört,
deren Gegenstand er war. Von dem Zauber seines Wesens,
namentlich seit er den politischen Stürmen in Deutschland sich
entzogen und in Paris eine zweite Heimath gefunden hatte, kann
man sich schwer eine Vorstellung machen. Er gehört jederzeit so

gänzlich dem Augenblick an, daß er darin aufzugehen scheint, und da ihm Gedanken und Worte stets zu Gebote stehen, so erhält alles, was man mit ihm erlebt oder bespricht, ein erhöhtes Interesse, — ja, man wird sich selbst interessanter. Wunderbar ist seine Gabe des Erzählens. Seine Rede fließt, rinnt, rollt, säuselt, murmelt, donnert, — sie wird sarkastisch, begeistert, nachahmend, gleichgültig, je nach den Umständen, die ihm stets mit den geringsten Einzelheiten vor dem innern Auge erscheinen müssen. Nie ein Zögern, — nie ein Stocken, — nie ein Herabsinken. Dazu wenige, aber ausdrucksvolle und harmonische Bewegungen, ein glühender Blick, ein stets bewegtes Antlitz. Und ein ziemlich starker Anklang an die österreichische Mundart, nicht in Wörtern, aber im Tonfall, mildert das Rhetorische, das durch eine solche Gabe entstehen könnte, und verleiht ihm inmitten der packendsten, dramatischsten Schilderungen etwas Gemüthliches. Berthold Auerbach sprach mir mit derselben Bewunderung, welche mich bewegt, wenn ich Hartmann's mündlichen Erzählens gedenke, von seinem Improvisations-Talent mit der Feder in der Hand. Wenn Auerbach für seinen Volkskalender einen hübschen Holzschnitt erhalten hatte, der entweder frei erfunden war oder an Ungeeignetes anknüpfte, so bedurfte es bei Hartmann nur eines Blickes auf denselben, um die Erfindung einer Geschichte zu veranlassen, die er mit fliegender Hast auf's Papier warf. Mit der einfachsten Bereitwilligkeit stellte er sein Talent den Freunden zur Verfügung. So hat er mir das Oratorium „Saul", — so die Oper die „Katakomben" gedichtet, — und als ich ihm einst brieflich allerlei Ueberschwenglichkeiten andeutete, in welchen ich mich musicalisch zu ergehen wünschte, sandte er mir, fast umgehend, den Text zur Hymne „Die Nacht" zu.

Und nun ist dieser romantische Revolutions=Held und Dichter, der politische Satyriker, der Reisende und Reisebeschreiber (kennen Sie sein Buch über die Provence und Languedoc? es ist eines seiner besten Werke), — der Mann, der sich mit gleicher Anmuth im Salon bewegte, wie er die schmerzhafteste Krankheit in einem Dachzimmer ertrug, ein glücklicher, glückseliger Gatte und Vater geworden, und die Wahl seiner Gattin setzte allem, was er Schönes vollbracht, die Krone auf. Leider ist sie jetzt im traurigen Falle, alle die seltenen Eigenschaften, die sie zieren, als Pflegerin des leidenden Gatten in einem Maße zu offenbaren, das für ihre Freunde ebenso betrübend wie bewunderungswürdig ist. Möchte die Selbstopferung treuester Liebe, der sie sich gänzlich hingibt, zu einer glücklichen Wendung im Zustande des dankbaren Gatten führen!

Daß es so herrliche Menschen in der Welt gibt, verehrteste Freundin, ist doch das Schönste. Und daß Einer und der Andere Einen ein wenig lieb haben, das ist das Beste.

## XIX.

So sehr gewöhne ich mich daran, freundlichste Correspondentin, bei Allem nicht allzu Alltäglichem, was mir einfällt, auffällt oder zufällt, Ihrer zu gedenken und mich zu fragen, ob es der Mittheilung an Sie werth sei, daß ich fürchten muß, in den Styl gewisser alter Chroniken zu fallen, — nur mit dem Unterschied, daß jene neben philiströsem Bürgerklatsch doch auch von geschichtlichen Begebenheiten zu erzählen wissen.

Dieser Tage erhielt ich eine Ladung, vor einem Instructionsrichter zu erscheinen, um in Angelegenheiten einer jungen Dame vernommen zu werden. Da mir so etwas noch nie vorgekommen, war ich gespannt, vielleicht Interessantes zu erfahren, denn daß ich nichts zu sagen wußte, — das wußte ich. Aber ich erfuhr auch nichts, und hatte nur den Verlust einiger guten Morgenstunden zu beklagen. Eingang und Ausgang der wichtigen Begebenheit riefen mir eine längst vergangene ins Gedächtniß zurück, deren Berichterstattung Ihnen vielleicht ein Lächeln abgewinnen mag.

Während meines ersten Aufenthaltes in Paris miethete ich ein Zimmer in Passy, um dort den Sommer zuzubringen. Das Haus lag im Boulogner Gehölz und trug, zusammen mit ein paar andern, den Namen des Beau séjour, welchen es auch verdiente. Ich fühlte mich sehr wohl dort, — las eifrig Thiers' Geschichte der Revolution, componirte, spielte Clavier, verkehrte mit Kalkbrenner, besuchte den alten Erard, der sich damals mit Orgel-Erfindungen beschäftigte, ging oft zu Fuß nach Paris und

aß jeden Tag einige Waffeln, die in der Nähe in wunderbarer
Vollendung gegossen wurden. Während einiger Zeit hatte ich
mir's zur Aufgabe gemacht, Bach's wohltemporirtes Clavier
wieder einmal von A bis Z, oder vielmehr von C-dur bis H-moll
durchzustudiren, und wählte hierzu die erste Stunde nach dem
Morgenkaffee. Nach einigen Tagen theilte mir die Verwalterin
der ländlichen Anlage in sehr zarter Weise mit, daß mein Musiciren
einer Dame, die ein Zimmer unter dem meinen bewohnte und
die nervenleidend sei, wenig behage, — jedoch konnte die siebente
Morgenstunde im Juli doch wohl nicht als eine allzu frühe gelten.
Ich drückte daher mein Bedauern aus, daß die Dame keinen
gebildeten musicalischen Geschmack zeige, und meine Ueberzeugung,
daß es für aufgeregte Nerven nichts Besseres geben könne, als
Bach'sche Claviermusik. Sie mögen Sich nun, verehrteste Freundin,
mein Erstaunen vorstellen, als ich, etwa eine Woche nach diesen
Verhandlungen, ein mit allen möglichen Stempeln versehenes Folio-
blatt auf meinem Tische fand, welches eine Ladung vor's Polizei-
gericht enthielt. Ich war beschuldigt, die Leiden einer schwachen
Dame zu vermehren und sie durch eine langweilige Gattung
von Kirchenmusik um ihren Morgenschlummer zu bringen, — am
folgenden Donnerstag um die zehnte Stunde sollte ich vor den
Richtern erscheinen. Wie fühlte ich mich gehoben! Für die
Schönheit der Bach'schen Präludien und Fugen eine Art von
Märtyrerthum zu erleiden! — es war herrlich. Einen Advocaten
zu befragen, kam mir gar nicht in den Sinn, — ich wollte
meine Sache selbst führen, und erwartete den Tag, an welchem
mir so Erhabenes beschieden war, mit steigender Ungeduld. Endlich

erschien er, — ich trat ein in die schmutzigen Hallen, in welchen ich mit einer keineswegs anziehenden Gesellschaft zusammentraf, und setzte mich auf eine Bank in der Nähe der höher thronenden Richter. Nach der kürzesten Zeit war meine Stimmung gänzlich umgewandelt, — denn eine Scene menschlichen Elends folgte der andern, und ich hatte zum ersten Mal Gelegenheit, dergleichen mit eigenen Augen zu sehen und mit eigenen Ohren zu hören. Ein alter Bauer mit abgehärmtem Gesicht in schmutziger Blouse war beschuldigt, zehn Eier gestohlen zu haben, — er wurde verurtheilt. Eine Dirne, bei der ein Regenschirm stehen geblieben war, hatte sich denselben angeeignet, — die Untersuchungshaft, die sie schon bestanden, überstieg um ein Bedeutendes die Strafe, die ihr auferlegt werden konnte, — sie wurde in Freiheit gesetzt. Ein dunkler Bursche hatte eine Grisette mißhandelt, — vielleicht aus Liebe! — ich erinnere mich nicht des Abschlusses.

So ging es weiter, — die Zeit verrann und ich fing doch an ungeduldig zu werden. Mich zusammennehmend, besteige ich das Podium und frage den Greffier, ob meine Angelegenheit nicht bald an die Reihe kommen werde, — er untersuchte mit französischer Freundlichkeit den Haufen von Papieren, den er vor sich liegen hatte, — eine Anklage gegen mich war nicht darunter. Wie bitter war ich enttäuscht! Es fand sich, daß der Gatte der nervösen Dame der richtenden Menschheit in irgend einer Weise angehörte und daß er geglaubt hatte, mich mit dem Schreckschuß einer solchen drohenden Vorladung zur Vernunft bringen zu können. Er hatte sich geirrt, — aber mein Plaidoyer vor dem pariser Richter zu Gunsten Sebastian Bach's war im Keime erstickt

worden. Da ich nun von meinen Fugen nicht abzulassen gezwun=
gen worden war, vertauschte mir die Verwalterin von Beau séjour
mein Zimmer mit einem bessern, und die klagende Barbarin konnte
von jetzt an ungestört in den Tag hinein schlafen.

Das konnte freilich nur „einem der jüngsten Menschen“ (wie
mich einer meiner trefflichsten Freunde, Dr. Hermann Franck, stets
nannte) begegnen. Ich muß aber hinzufügen, daß der Eindruck,
der mir von der Lustspielscene geblieben, ein vorwiegend tragischer
war. Die Erinnerung an das Elend vor dem Polizeigerichte konnte
ich durch lange Zeit nicht in den Hintergrund drängen. Ich nahm
mir vor, öfters die öffentlichen Gerichtshallen zu besuchen, — und
kam eben so wenig dazu, diesen, wie so manchen andern guten
Vorsatz auszuführen. Man sollte aber die Jugend der gebildeten
Stände anhalten, diese Bühnen der großen Menschheits=Tragi=
komödie öfters zu besuchen, — sie würden dort mehr lernen, als
in Operetten=Theatern und Café=chantants. Die Menschen wissen
zu wenig von einander, — bekämen die Bessergestellten ein tiefe=
res Einsehen in das Leben der Menge, sie würden sich bemühen,
mehr für sie zu thun, — ich muß hinzusetzen, kännten die Armen
das Leben der sogenannten Glücklichen besser, sie würden sie weni=
ger beneiden.

## XX.

Neulich hatten wir einmal wieder die Freude, das Glück, Clara Schumann hier zu haben. Wie beklage ich's, daß Ihnen noch nicht die Gelegenheit geworden, diese ideale Künstlerin kennen zu lernen; — niemand würde ihre Bedeutung inniger zu erfassen wissen, als Sie, — und wie sympathisch würden Sie der sonst etwas wählerischen Frau sein! Es mag übertrieben klingen, aber ich glaube nicht, daß in der Kunstgeschichte eine Erscheinung da= gewesen, wie die Robert Schumann's und seiner Gattin in ihrer Vereinigung. Hasse und die Faustina, Rossini und die Colbran, Beriot und die Malibran, das läßt sich Alles gar nicht damit vergleichen, — das waren Berühmtheiten, die sich mit einander verbanden, halb aus Leidenschaft, halb aus Convenienz, — eine Anzahl Opern, welche die Einen für die Anderen schrieben, eine Anzahl Concerte, die sie mit einander gaben, bildet, wenigstens für das künstlerische Interesse, den Inhalt ihres gemeinschaftlichen Wirkens. Wie anders hier! Ein junges Mädchen, deren außer= ordentliches Talent ihren Namen schnell bekannt gemacht, lernt einen jungen Componisten kennen, der zwar schon Bedeutendes geleistet hat, der aber noch wenig verstanden und mit sich selbst noch nicht im Reinen ist. Ihre Liebe muß ernste Schwierigkeiten überwinden, — aber sie gelangen zum ersehnten Ziele. Der Gatte, gehoben vom schönsten häuslichen Glücke, von dem tiefsten künstlerischen Verständniß der hingebenden Geliebten, erreicht in kürzester Zeit die volle Höhe seines Schaffens, während die Gattin, ihr außerordentliches Talent stets entwickelnd, doch bescheiden damit zurücktritt. Da ereignet sich das Fürchterlichste, — die Geisteskraft des Mannes wird gebrochen, — der Tod erscheint als eine Befreiung. Und nach einem solchen Schicksalsschlage erhebt sich das Weib mit der Willensstärke der Mutter, mit der Begeisterung der Künstlerin, mit der ungebrochenen Liebe zum Dahingeschiedenen. Sie wird zu einer Hohenpriesterin der Kunst, deren edelste Meisterwerke sie verbreitet, — sie erlebt die sich andauernd steigernde Anerkennung, die bis zur Popularität erwachsende Verbreitung der Tondichtungen ihres Gatten, die sie entstehen gesehen, die sie theilweise selbst vorführt und so deren Verständniß erleichtert. Die tiefsten Schmerzen, die höchsten Seligkeiten, die einer Frauen-, einer Künstlerseele beschieden sein können, ihr werden sie zu Theil. Und inmitten aller Triumphe, aller Verehrung, die man ihr um ihrer selbst willen und um den unsterblichen Gemahl zollt, bleibt sie stets das einfachste, wahrhaftigste, echteste Weib, — die aufopferndste Mutter, — die getreue Freundin. Gleichsam gezwungen, sich ihres Werthes bewußt zu sein, stellt sie solche Anforderungen an sich selbst, daß sie allzu oft von einer fast demuthsvollen Bescheidenheit befallen wird. Sie werden sie sehen und hören, verehrteste Freundin, und Sie werden Sich durch eine unvergleichliche Erinnerung bereichern. Der Name Clara Schumann wird Ihnen dann nicht mehr nur ein berühmter Name sein, — er wird eine Fülle schönster Bedeutungen für Sie in sich vereinigen.

Soll ich Ihnen von ihrem Spiele sprechen? Denken Sie Sich Ihr eigenes Talent in der höchsten künstlerischen Verklärung. Die Vorbedingungen der Technik im weitesten Sinne des Wortes ver-

stehen sich von selbst, — was ihren Vortrag aber vor Allem charak-
terisirt, ist die Liebe, mit der sie erfaßt, was sie zu Gehör zu
bringen für würdig hält. Wie eine Mutter ihr Kind trägt, liebkost,
anlächelt, anregt, so verfährt sie mit den Tönen, die sie unserem
spröden Klangwerkzeug entlockt. Wenn das, was sie spielt, uns
auch nicht so gefiele, wir würden der Herzensfreude nicht widerstehen können, die durch ihre Finger pulsirt, — wir müssen ihr
folgen. „Fühlt Ihr, wie schön das ist,“ scheint sie zu fragen, „wie
innig diese Melodie, wie anmuthig diese Wendung, wie tief
empfunden dieser Uebergang?“ Und wir stimmen ein, und wir
wüßten kaum zu sagen, was uns am meisten erfreut und erhebt, —
das, was sie uns sagt, wie sie es sagt, oder die Lust, mit welcher
sie es ausspricht. Wie hoch eine solche Erscheinung steht über
den meisten, die uns drohend zurufen: „Wollt Ihr wohl staunen
und uns bewundern, und uns Kränze winden!“ das brauche ich
Ihnen gegenüber nicht auszusprechen.

---

## XXI.

Nicht umsonst besingen unsere Lyriker immer wieder von
Neuem den Frühling. Dieses Jahr tritt er mit einer Pracht,
einer Herrlichkeit auf, wie wir's seit langer Zeit nicht erlebt.
Wohl ist's uns armen Nordländern zu gönnen, nach allen Widerwärtigkeiten des Wetters, die wir durchzumachen haben, und es
bleibt immer noch die Frage, ob die Freude, die uns durch die

erwachende Natur zu Theil wird, einen ausreichenden Ersatz bietet
für die Grausamkeit, mit welcher sie uns während so vieler Monate
behandelt. Möglich, daß die Gefangenschaft, die uns der lange
Winter auferlegt, die Einkehr in uns selbst befördert, — daß die
Abwesenheit von Licht und Wärme uns nicht nur bessere ä u ß e r e
Erhellungs= und Erwärmungsapparate gebracht hat! Und da wir
darin auferzogen, könnten wir's vielleicht kaum entbehren. Jedoch
eine Strafe bleibt's immer, in der Zone des schlechten Wetters
zu wohnen, und eine Uebung in der wichtigsten Tugend, — in
der der Entsagung. — Jetzt aber ist's wunderschön, und die, wenn
auch nur eingebildete Verjüngung, die der Lenz mit uns vor=
nimmt, mag immerhin eine kleine Unterbrechung im Aelterwerden
zuwege bringen. Sie, verehrte Freundin, werden freilich das
gar nicht begreifen. Wenn man im Frühling des Lebens steht
und selbst einen reichen Frühling in sich hegt, in Blüthe und
Frische, in Klarheit und Wärme, in Lied und Gesang, dann ahnt
man noch nicht, was es heißt, auch den Sommer hinter sich zu
haben.

Ob diese ersten Tage der auferstehenden Natur, trotz ihrer
belebenden Wirkung gerade zur dichterischen Production reizen,
ist fraglich. Ich erinnere mich, Verse von Grillparzer irgendwo
gefunden zu haben, in welchen es heißt: „Und der Winter der
Natur ist des Geistes Lenz". Die Sammlung, welche jede höhere
Geistesthätigkeit erheischt, wird erschwert durch den Trieb ins
Freie, — durch eine Sehnsucht, im allgemeinen Keimen, Sprießen
und Treiben ohne Mühe und Anspannung mit aufzugehen. Haben
Sie die beseligende Empfindung nicht zuweilen genossen, verehrte

6*

Freundin, wo das Bewußtsein der Persönlichkeit fast aufhört, —
wo man glaubt, mit den Bäumen zu rauschen, — mit dem Quell
zu sprudeln, — mit dem Winde über Feld und Flur zu wehen?
Mich hat es oft so übertommen, wenn ich mutterseelen allein,
ohne irgend eine sachliche Belästigung, in voller Gesundheit mich
im Freien befand. Ein schöner Aussichtspunct, ein beachtungs=
werthes Bauwerk oder dergleichen durfte mich nicht in Anspruch
nehmen, — am besten thun's Feld, Wald und Wiese, — und kein
Einfluß der Temperatur darf sich in störender Weise bemerklich
machen. Dann fühlte ich von Allem, was ich eigentlich bin, so wenig
mehr, daß es einem Entäußerungsprocesse nahe kam, und ich viel=
leicht zu viel gesagt habe, wenn ich von einer beseligenden Empfin=
dung sprach. Diese mag mehr in der Erinnerung liegen. Suchen
die indischen Weisen einen solchen Zustand dauernd bei sich zu
erhalten? So weit geht mein Wohlgefallen daran freilich nicht.
Der derbe Hunger, der sich nach einem Ergehen, Erfrischen, Ent=
äußern im Freien einstellt, ist ein wundervolles Geschent des
Himmels, und auf die Dauer ist's ersprießlicher, die Erzeugnisse der
Natur in uns aufgehen zu lassen, als in denselben aufzugehen.

Brächte der Frühling doch Sie, verehrte Freundin, nach einer
erreichbaren Stätte. Sie gehören zwar zu jenen Erscheinungen,
an deren Dasein in dieser Welt man schon mit Freude denkt, —
deren Einfluß nicht aufhört, auch wenn sie nicht einmal schreibend
mit uns verkehren, während es so manche liebenswerthe Men=
schen gibt, die uns doch nur so lange erfreuen, als sie bei uns
weilen, — als ihr Wesen uns zur Betrachtung auffordert, zum
lebendigen Verkehr anregt. Aber, — wenn ich eine Beethoven'sche

Symphonie auch mit mir herumtrage, — wenn sie auch zuweilen, in einer kaum zu erklärenden Concentration, mit Blitzeshelligkeit an mein inneres Ohr schlägt oder ich sie mir aufführe, ohne Musiker, ohne Piano und ohne Publicum, es kommt doch der Augenblick, wo ich sie dahin rollen hören möchte, mit allem Glanz eines idealen Orchesters! Bitte, zeigen Sie Sich einmal wieder, — und wenn es auch nur auf wenige Stunden wäre. Nicht die Länge der Zeit, nur ihr Inhalt hat Bedeutung.

## XXII.

Sie wünschen auch von Robert Schumann's Persönlichkeit Näheres zu erfahren, verehrteste Freundin, nachdem ich Ihnen von seiner Clara gesprochen. Aber wenige Künstler unter denjenigen, die ich gekannt, möchten in ihrem äußern Wesen schwerer zu zeichnen sein. Seine Art, sich im Umgang zu geben, war derjenigen, die seine Tondichtungen charakterisiren, durchaus entgegengesetzt. Hier sprach er sich aus, mit der ganzen Fülle seiner vielbewegten Seele, — dort war sein eigentlichstes Element das Schweigen. Ich gebe Ihnen eine kleine Geschichte zum Besten, welche eben so geringfügig als bezeichnend sein mag. — Wir lebten Beide in Dresden. Felicien David kam auf seiner Reise mit seiner „Wüste" auch nach der sächsischen Residenz und ersuchte mich, (wir waren alte Bekannte), ihn zu Schumann zu bringen. Der liebenswürdige Concertmeister Schubert gesellte sich zu uns.

Mit großer Freundlichkeit empfangen (Frau Clara war jedoch abwesend), setzen wir uns. Schubert und ich, wir ergreifen das Wort, — hauptsächlich um die fast ängstliche Stille, die nach der ersten Begrüßung eingetreten war, zu unterbrechen. Schumann und David horchen auf unser Gespräch, ohne, troß aller Veranlassung, die zu geben wir uns bemühten, irgend etwas hinzuzufügen. Nach einiger Zeit — mir fing es an schwül zu werden — wendet sich Schumann halbleise an mich mit der Frage: „David spricht wohl nicht viel?" „Nicht viel", erwiedere ich. „Das ist hübsch", sagt Schumann, freundlich lächelnd.

Schon Mendelssohn hatte mir erzählt, wie Schumann ganze Abende mit ihm und anderen Freunden zubringen konnte, ohne den Antheil, den er an ihren Gesprächen nahm, auf andere Weise zu zeigen, als durch die freundliche Aufmerksamkeit, mit welcher er denselben folgte. Daß das Wort ihm deßhalb nicht weniger zu Gebote stand, zeigen nicht allein seine geistreichen Schriften, — er konnte gelegentlich sehr beredt sein. Namentlich wenn man Künstler oder Werke angriff, die er liebte, — oder Meinungen über musicalische Fragen äußerte, die ihm nicht zusagten, wurde seine Rede lebhaft bis zur Heftigkeit. Im Allgemeinen jedoch blieb er in sich gekehrt, was ihm nicht zu verübeln war, — denn er fand jedenfalls interessanteren Stoff in sich, als die Außenwelt ihm bieten konnte. Eine große, gleichmäßige Ruhe war ihm eigen. Sein Gang, seine Bewegungen hatten etwas Stilles, — seine Haltung etwas Imponirendes. Er war ziemlich groß und kräftig gebaut, — seine milden Gesichtszüge erhielten ihren charakteristisch= sten Ausdruck durch den Mund, — sei's, daß er die Lippen, wie erwägend, in die Höhe zog, sei's, daß ein höchst gewinnendes, liebreiches Lächeln dieselben umspielte. Denn sein Gemüth war liebevoll, und fremd war ihm jede gemeine Gesinnung. Mit welcher Wärme schenkte er den hervorragenden Zeitgenossen seine Bewunderung! Mit welchem Enthusiasmus würdigte er die Leistungen Mendelssohn's, Chopin's, Gade's, Liszt's, und welch nachsichtiges Interesse wendete er auch Geringeren zu! Fern lag ihm dabei jede falsche Bescheidenheit, — er hatte das volle Bewußtsein seines Werthes, — seiner Bedeutung. Ein schaffender Künstler zu sein, sei es in Worten oder in Tönen, das war ihm das Höchste. Auch hier kann ich der Versuchung nicht widerstehen, Ihnen verehrte Frau, noch ein Geschichtchen zu erzählen, das die liebenswürdige Naivetät des trefflichen Meisters kennzeichnet. Der berühmte Bildhauer Ritschel war mit einem Medaillon beschäftigt, Schumann und seine Frau darstellend; — er lud mich ein, es in seinen Anfängen auf seinem Atelier anzusehen. Zu meinem Erstaunen fand ich die Züge Schumann's zur Rechten am meisten hervortretend, die der Gattin dahinter. „Warum haben Sie das schöne Profil der Frau nicht in den Vordergrund gesetzt", frug ich den Künstler. „Weil der Gatte es unter keiner Bedingung zuließ," erwiederte er, „und die gute Frau natürlich seiner Meinung war." Beim nächsten Besuch im Schumann'schen Hause brachte ich die Sache auf's Tapet, aber Schumann wich einer Beantwortung meiner darauf bezüglichen Frage mit einigen unwirschen Worten aus. Als aber Frau Clara das Zimmer zufällig verließ, wendet er sich, fast erzürnt, an mich mit den Worten: „Wie kannst Du nur danach fragen, das ist immer so und muß so sein. Sieh Dir das erste beste Medaillon fürstlicher Personen an, immer wirst Du's so finden." „Der Fall ist aber ein anderer," erwiederte ich, — „Euer Bildniß hat nichts mit der Etiquette zu thun, und Du wirst mir erlauben, das Gesicht Deiner Frau schöner zu finden, als das Deine." — „Ach was," war seine Antwort, „der schaffende Künstler steht über dem ausübenden!" Dagegen durfte ich nichts mehr einwenden.

Die Abneigung gegen die Rede, das innere Geistesleben, dem er sich hingab, waren Schumann nur in einer Sache hinderlich, — im Dirigiren. Er wußte, was er wollte, aber er sprach es nicht aus. Am eigenthümlichsten erschien er, wenn er eigene Compositionen leitete. Den Kopf in die Partitur versenkt, gab er, ich möchte sagen, nebenbei, den Ausführenden die Zeichen des Zeitmaßes, — es war aber offenbar, daß er sein Werk hauptsächlich mit seinem innern Ohr hörte und sich alles auf diese Weise ergänzte, was nicht an sein äußeres Ohr schlug. Die Verehrung, die man ihm zollte, und die daraus hervorgehende angespannte Aufmerksamkeit der Ausübenden brachten trotzdem zuweilen Aufführungen zu Stande, die Zeugniß gaben, welch eine Wirkung eine hohe Persönlichkeit schon durch ihre Gegenwart hervorzubringen vermag.

Nachdem Schumann eine glückliche Häuslichkeit gefunden und seine kritische Thätigkeit beiseite gesetzt hatte, gab er sich mit einer Ausschließlichkeit seinem Schaffenstriebe hin, die wohl dazu beigetragen haben mag, seine herrlichen Kräfte aufzureiben, ja, zu zerstören. Den größten Theil des Tages am Schreibtische, ließen ihn seine Gedanken auch Nachts nicht mehr zur Ruhe kommen.

Er setzte das Tonmeer, in dem er schwamm, in solche Bewegung, daß die Fluten nie mehr zu einiger Ebbe gelangten. Mehrmals klagte er mir, wie sehr dieser Zustand ihn angreife, — aber dem Maler Sohn, der ihn frug, warum er denn so unaufhörlich schaffe, da er doch schon so viel geleistet, erwiderte er: „Was ist's gegen das, was Sebastian Bach Alles geschrieben!"

## XXIII.

Es dürfte kaum möglich sein, auch nur mit einem Anschein von Sicherheit festzustellen, wo sich die ersten Versuche finden, der Instrumentalmusik bestimmte Bilder, Begebenheiten, Vorgänge in der Natur oder im Menschenleben, oder auch gar Anschauungen aus der metaphysischen Welt zu Grunde zu legen, verehrteste Freundin. Die Sache liegt so nahe, daß Jeder sie versuchen mochte, — sie ist so falsch, daß nur solche Versuche geblieben sind, welche der Darlegung jener sogenannten Stoffe nicht bedürfen, um als schöne und gute Musikstücke zu wirken. Eine vortreffliche Violinsonate von Tartini heißt: „Didone abandonata", — es versteht sich von selbst, daß man sie eben so gut mit hundert anderen Namen bezeichnen könnte, vorausgesetzt, daß dieselben einen elegischen Beigeschmack haben. Dittersdorf, dessen Selbstbiographie ich Ihnen zu lesen empfehle, erwähnt nur mit wenigen Worten seines Meisterwerkes, der Oper: „Der Doctor und der Apotheker". Er erzählt aber mit außerordentlichem Wohlgefallen von den Concerten, die er in Wien veranstaltete und in welchen er eine Reihe von Symphonieen zur Aufführung brachte, welche die Metamorphosen des Ovid musicalisch zur Anschauung bringen sollten! Ich weiß nicht, ob es die classische Bildung der Wiener zu jener Zeit war, welche den Componisten zu diesem Experiment führte, oder ob er durch seine Orchesterstücke auf die classische Bildung des wiener Publicums eine fördernde Wirkung auszuüben versuchte, — ich weiß nur, daß jene Compositionen gänzlich verschollen sind. Für die Tonsetzer der Gegenwart war es jedenfalls vom größten Gewicht, daß Beethoven einigen seiner Instrumentalwerke bezeichnende Namen zulegte, und — was Manche vielleicht weniger gern eingestehen werden — daß Mendelssohn mit seinen charakteristischen Ouverturen so ungewöhnliche Erfolge feierte. Wie wenig Beethoven zu jener „bedeutungsvollen" Behandlung der Instrumentalmusik neigte, ist offenbar, — von der großen Anzahl seiner tiefen Dichtungen hat er nur einige wenige mit charakterisirenden Titeln versehen. Die Sonate, in welcher er dem Cardinal-Erzherzog Rudolph die Empfindungen der Trennung und des Wiederseheens auf's Lebhafteste ausmalt, (die Zueignung hat fast etwas Komisches, wenn man bedenkt, wie viel Ungemach und Zeitverderb sein kaiserlicher Schüler ihm verursacht), würde ohne die fast vocalen Tacte auf das „Lebewohl" nicht mehr Anrecht auf den erklärenden Titel haben, als, ich weiß nicht wie viele andere, in welchen nach einem düstern Mittelsatz das letzte Stück wieder neu erwachendes Leben athmet. Bleibt vor Allem die Pastoralsymphonie, aus deren Stoff und Behandlung man fast eine vollständige Lehre ziehen könnte von der Nachahmungs- und Darstellungskraft der Tonkunst. Der erste Satz soll die Empfindungen ausdrücken, die bei der Ankunft auf dem Lande den fühlenden Menschen durchströmen (vorausgesetzt, daß das Wetter schön sei). Ein stets steigendes, wieder sinkendes und sich abermals erhebendes Pulsiren glücklicher Gefühle ist darin auf die anmuthigste, ich möchte sagen, treuherzigste Art gegeben, — einen idyllischen Ton bringt das halb Tanzartige der Rhythmen hinein, — aber wenn es nicht gedruckt bastände, würde man trotz Allem das Länd= liche wohl kaum heraushören; auch hatte Beethoven ursprünglich dabei angemerkt: mehr Empfindung als Malerei. Die Scene am Bach enthält ein durchaus musicalisches Element, niederer Gat= tung freilich, — die Nachahmung eines rhythmisch bewegten, klingenden Vorganges. Gerade dieses Stück zeigt aber wieder, wie wenig diese Malerei für den Meister einen überwiegenden Werth hatte, denn als solche kann man nicht einmal sagen, daß sie besonders gelungen sei. Der Bach mag noch so ruhig dahinfließen, — in einem so gleichmäßigen Wellenschlag wie hier, wird es nicht leicht der Fall sein, — und unterbrechen wird er seinen Lauf vollends nicht, — das ist aber auch nur Nebensache. An seinem Ufer träumt es sich so süß, und fast bewußtlos versenkt sich das Gemüth in die Tausende von Klän= gen, die ans Ohr schlagen und alles Leid des Herzens einlullen. Der realistische Vogelsang am Ende, der so bezaubernd auf's Publicum wirkt, hebt eigentlich ein gut Theil der wonnevollen Stimmung auf, in welche der Componist uns hineingesungen. Nun kommt der Tanz, das positivste Element der reinen Musik, — die Rhythmik unserer Körperbewegung in Töne übersetzt, mit der

Zuthat der Stimmung, ohne welche die Musik, wenn sie nicht bloßes Geklingel, kaum in die Erscheinung treten kann, --- beiläufig gesagt, einer der frappantesten Fälle, wie innig dieselbe mit unserem vollen Leben zusammenhängt und wie sie zu gleicher Zeit dasselbe zu idealisiren vermag. Denn wir begreifen keinen Tanz ohne tönende Rhythmen, und wir lieben die Tanzmusik für sich selbst. Aus dem Gewitter können wir lernen, wie ein Tondichter trotz aller Tonmalerei, die hier in höherer Vollkommenheit auftritt, als in irgend einer andern musicalischen Schöpfung, sich über diese zu erheben hat, eben, weil er ein Tondichter sein soll. Kein Gewitter, es mag noch so erhaben wüthen, vermag so erhebend zu wirken, als diese paar hundert Tacte, in welchen die Kunst ihren Triumph feiert über die Natur. Der Hirtengesang schließt sich jener musicalischen Weise an, die durch die Erfahrung, die Erinnerung an bestimmte Klänge, bestimmten Instrumenten oder Menschen angehörig, wirkt, — oder wenigstens davon ausgeht. Krieger, Jäger, Schäfer, Priester sind im Besitze solcher Tonreihen, die, aus ihrem äußern und innern Leben hervorgegangen, in unserer Einbildungskraft gewisse Bilder mit zweifelloser Lebendigkeit hervorrufen, — wie viel davon der Eigenthümlichkeit eines Volkes, einer Zeit angehört, ist hierbei gleichgültig. Das Bezeichnende ist, daß, vielleicht mit Zuthat noch weniger anderen, diese die einzigen Fälle sind, in welchen musicalische Klänge etwas Reelles, ohne Worterklärung, für unsern Verstand aussprechen. Tanzweisen, wenn sie Tänzen angehören, die man heutigen Tages tanzt oder tanzen gesehen, kriegerische Weisen (die in dieselbe Kategorie gehören), christlich-kirchliche Klänge wird Jeder als solche er-

kennen, — aber darüber hinaus wird man den charakteristischsten
Instrumentalstücken verschiedene Namen mit gleichem Glücke zu=
legen dürfen. Die Schönheit derselben liegt — Sie wissen es
besser als ich — nicht in dem, was sie bedeuten sollen, sondern
in dem, was sie bedeuten. Da es gar viele Menschen gibt, die
nicht hinreichend musicalisch gebildet sind, um Tonstücke in ihrer
ätherischen Reinheit und Selbständigkeit aufzufassen, so ist diesen
ein Bild, ein Vorgang oder dergleichen bequem, um die leicht
eintretende Leere ihres Innern auszufüllen. Mag der Hörer
immerhin einer Erklärung aus der sinnlichen Welt bedürfen, wenn
nur das Tonstück keiner solchen bedarf. Albern wird die Sache
aber dann, wenn aus der Großartigkeit dessen, was der Tonsetzer
zu malen unternommen, ein Schluß gezogen wird auf den Werth
der Composition. Mag der Componist sich von Homer bis Goethe
alle die größten Dichtungen bei seinen Tönen gedacht haben, —
die Ideen des Dichters kommen gar nicht in Betracht, wenn die
des Musikers nichts taugen. Es ist aber bei tausend Gelegenheiten
zu bemerken, welchen Täuschungen die Menschen sich hingeben,
wenn sie der Intention einen Werth beilegen, den nur die That hat.

Der gefährlichste Irrthum ist der, ein Instrumentalstück einem
in sich selbst ruhenden Gedichte bis in seine Einzelheiten folgen
lassen zu wollen, da die Bedingungen bei Schöpfungen, die der
reinen Poesie und der absoluten Tonkunst angehören, so grund=
verschieden sind, mithin das sclavische, Schritt für Schritt folgende
Nachgehen des Musikers auf die Spuren des Dichters nur dahin
führen kann, erstern irre zu leiten. Wenn der Tondichter seine
Schöpfungskraft durch Schöpfungen anderer Künste angeregt fühlt,

wenn sie auf ihn wirken, wie der Stahl auf den Feuerstein, und seinem Geiste Funken entspringen beim Contact mit Schönem und Großem, desto besser! Es mag auch hie und da interessant sein, zu erfahren, welchen Berührungen er seine Erfindungen verdankt, und gern wird man sich in die dichterische Welt versetzen, deren Gestalten seine Phantasie erfüllten, — wenn sie dieselbe nur nicht beherrschten und ihm die Freiheit ließen, der Diener seiner Kunst zu sein. Man darf sich dort nicht unterordnen, wo man gebieten muß, wenn man seine Sache nicht zu Fall bringen will; — das rächt sich hier — wie überall.

Aber ich gelange in ein Dociren, verehrteste Freundin, das Ihnen unmöglich behagen kann, — so wenig wie es mir behagt. Also, rasch zu etwas Anderem!

---

## XXIV.

Nach so kurzem Aufenthalt haben Sie die Hauptstadt schon wieder verlassen, verehrte Frau? Sind Ihnen denn Huldigungen, wie die, welche Ihnen dargebracht werden müssen, so unerfreulich? Können Sie Sich nicht darüber hinaussetzen und trotz alledem alles das genießen, was eben doch nur ein solcher Ort zu bieten vermag? Oder empfinden Sie die Schwere gewisser Verhältnisse so sehr, daß auch Schönes dadurch hinabgedrückt wird? Das Schönste und Beste finden Sie freilich immer am leichtesten, wenn Sie mit Sich allein bleiben.

Vor wie vielen Menschen haben Sie das voraus, verehrteste Freundin, daß Sie erkennen, was Sie wollen, — und wollen, was Sie erkannt haben. Es ist ein Jammer, zu sehen, wie Vielem man nachstrebt, weil Andere es für wünschenswerth halten. Und zwar weniger noch aus Unselbstständigkeit, als aus Eitelkeit. Das Eine zu sehen, das Andere zu hören, — in einem gewissen Kreise zu erscheinen, — auf die oder jene Weise sich zu zeigen, — in Einem Wort, der Mode zu gehorchen. Dazu gesellt sich der Ehrgeiz, bei dem die Ehre oft eine so erbärmliche Rolle spielt. Ein gut Stück Feigheit ist auch verbreitet genug. Es mag noch hingehen, gegen Andere nicht immer wahr zu sein — (denn im Grunde beruht die Möglichkeit der Geselligkeit auf einem Stück Unaufrichtigkeit) —, aber auch gegen sich wahr zu sein, haben die Wenigsten den Muth. So büßt man gute Stunden und Tage ein — und kommt nicht vorwärts vor lauter Begierde, vorwärts zu kommen. Die Gleichgültigkeitslehre ist eine hohe Wissenschaft, man sollte sie in allen Schulen unterrichten. Nicht das Leben mit Indifferenz zu behandeln, müßte gezeigt, sondern darauf hin= gewiesen werden, daß Alles darauf ankommt, genau zu erkennen, worauf es ankommt, — und gegen das Uebrige sich mit einem unbesieglichen Gleichmuth zu waffnen. Nicht der Kraft im Unglück ermangeln so Viele, — wohl aber erlahmen sie der Hohlheit, der Nichtigkeit, der Zerstreutheit, dem Vorurtheil, der Nachrede, in Einem Worte, der Misère gegenüber. Das sind dann freilich große Mächte, aber sie sind es doch nur durch unsere Unterwür= figkeit, nicht durch ihre Stärke. „Was liegt daran?" ist einer der höchsten Sprüche aller Weisheit.

Ich mußte gestern hier abbrechen, und indem ich heute durch=
lese, was ich geschrieben, empfinde ich Gewissensbisse, Sie auf
solche Weise zu unterhalten. Sie sind so jung, und ich bin so
alt, wenigstens im Verhältniß zu Ihnen. Das, was in meiner
Diatribe wahr sein mag, was nicht von einer augenblicklichen
Stimmung eingegeben war, in die man sich zuweilen sans rime et
sans raison hineinredet, das sollte ich Ihnen gegenüber gar nicht
aussprechen, so wenig Einfluß auch meine Worte auf Sie aus=
üben können. Denn daß Sie die Welt fliehen, ist beklagens=
werth. So schlimm ist's ja nicht darin bestellt, daß der Frühling
und die Blumen und „die Eintracht süßer Töne" und das me=
lodisch gesprochene gute Wort, daß das Schöne, um es zusammen=
zufassen, nicht Menschen genug fände, die es in seiner Reinheit
ohne Eigensucht zu würdigen und zu lieben verständen. Welche
Freude würde es für mich sein, Sie inmitten eines Kreises zu
schauen, wie ich mir wohl getrauen würde, ihn in unserer alten
Stadt um Sie zu versammeln. Wie würde man sich angezogen
fühlen durch Ihr mildes hohes Wesen! Mit welch athemloser
Spannung würde man Ihren Gesängen lauschen! Wie beredt
würde man zu schweigen wissen! — Vergebliche Wünsche!!

Mir scheint, verehrteste Freundin, Sie wissen gar nicht, welch
ein Glück Ihnen zu Theil geworden, ein Talent, wie das Ihre,
erlangt zu haben und es nur bethätigen zu dürfen zum eigenen
Glück und zum Glücke derer, welche Sie etwas davon genießen lassen
mögen. Die Lichtseiten im Leben des Tonkünstlers zu verkennen,
bin ich weit entfernt, aber hier heißt es wirklich: wo viel Licht,
ist viel Schatten! Vom Componisten will ich gar nicht sprechen,

— da stehen Schatten und Licht meist gar nicht mehr in einem natürlichen Verhältniß. Ich nehme den erfolgreichsten ausübenden Künstler, und zwar auf der Sonnenhöhe seines Glückes. Im Triumph zieht er durch die Welt. Verhätschelt und gepriesen, ärntet er Gold und Lorbern, — er wird empfangen gleich einem Wohlthäter der Menschheit. Und wohl mag ihn das Bewußtsein beseligen, Tausenden Freude zu spenden, — sie, wenn auch nur für Stunden, von der Schwere des alltäglichen Daseins zu befreien. Aber, — aber — er wird zum Sclaven! Zur bestimmten Stunde, die Wochen, Monate vorher festgesetzt ist, soll er bereit sein, sein Bestes zu zeigen. „Gebt Ihr Euch einmal für Poeten, so commandirt die Poesie." Gewohnt an seine Erfolge, erfreut ihn das höchste Maß des Beifalls weniger, als ein geringeres Maß ihn verdrießt. Die allzu genaue Bekanntschaft mit dem Publicum zeigt ihm die unendlichen Schwächen desselben. Ist er ihm zu schmeicheln zu bedeutend, so wird er es oft genug büßen müssen, — folgt er demselben in seinen Geschmacksverirrungen, so muß er ein Stück Selbstachtung daran geben. Eine neue Erscheinung taucht auf und steigt schnell empor. Die Gegner benutzen sie in ungerechtester Weise. Die Kritik, die sich am liebsten selbst geltend macht, verkleinert den früher Gepriesenen, — er hat keine Waffe dagegen, — wohl ihm, wenn es ihn nicht verbittert.

Für Sie jedoch, Hochgebenedeite, gibt es kein befehlendes Publicum, keine übermüthige Kritik, keine berechtigten und keine unberechtigten Nebenbuhler. Wie die Aurora des Guido Reni ziehen Sie beglückend Ihren Weg. Was Ihnen Schönes begegnet,

Hiller, Briefe an eine Ungenannte.                                    7

Sie erkennen und anerkennen es und erfreuen sich daran ohne Nebengedanken, und jede Splitterrichterei verstummt vor dem, was Sie bieten. Und frei, freier als Königinnen, spenden Sie Ihre Gaben, und auch jene sind Ihnen dankbar, welche dieselben kaum zu würdigen verstehen. Sie ehren, indem Sie entzücken, und Sie beseligen Sich selbst, indem Sie Andere beseligen. Was kümmert Sie's, wenn auch Manche Sie nicht verstehen? Bekümmern sich die Sterne darum, welche Gedanken wir uns über sie machen?

Ist es nicht so? Es könnte so sein, — und müßte so sein.

———

## XXV.

Sie fanden, was ich Ihnen sagte, ganz hübsch ausgedrückt, verehrteste Frau, und ermuntern mich zum „Schriftstellern". Das wäre recht boshaft von Ihnen, wenn es so schlimm gemeint wäre, als es sich anhört. Aber Sie können unmöglich an der Aufrichtigkeit zweifeln, mit welcher ich zu Ihnen rede, und dieser müssen Sie verzeihen, auch wenn sie preist.

Das „Schriftstellern" wird mir aber oft anempfohlen, auch wenn ich gar nicht preise. Es ging und geht mir damit sehr sonderbar. Wie ich dazu gelangt bin, mir mein winzig Theilchen anzueignen von jenem weltbeherrschenden Stoffe, den man die Druckerschwärze nennt, schäme ich mich fast einzugestehen, denn es war sehr niedrig, und ich sollte es verschweigen.

Zu Anfang der fünfziger Jahre kam der gute, treuherzige Benedey, dessen Namen Sie wohl kaum gehört, auf der Durchreise nach Paris zu mir. Die Erhebung des Jahres 1848 hatte ihn aus der Verbannung, deren er sich in Frankreich erfreute, zurück ins Vaterland, ja, ins deutsche Parlament gebracht. Das war aber alles schnell verrauscht, und Benedey kehrte um so lieber zu seinen Freunden in der französischen Hauptstadt zurück, als ihm ja die Rückkehr nach Deutschland jetzt nicht mehr verwehrt war. Ich war seit vierzehn Jahren nicht mehr in Paris gewesen, wo mich doch ein siebenjähriger Aufenthalt ziemlich heimisch gemacht hatte, und eine gewisse Sehnsucht ergriff mich nach dem Paradiese meiner Jugend. „Warum reisen Sie nicht hin?" sagte Benedey. „Ich darf mir die Ausgabe nicht erlauben", mußte ich ihm erwiedern. „Schreiben Sie Briefe aus Paris!" rief der gute Mensch aus; „wenn Sie auch nicht reisen, um zu schreiben, schreiben Sie, um zu reisen". Dieser Vorschlag blieb mir so lange im Gemüth haften, bis ich ihn ausgeführt hatte. Und so entstanden jene durch die Kölnische Zeitung vertrauensvoll veröffentlichten Feuilletons, die mir sogar das Lob eines Heine eintrugen. Von vielen Seiten wurde mir die aufmunterndste Zustimmung zu Theil, — aber alles das machte mir nicht die geringste Lust, in dieser neuen Thätigkeit fortzufahren. Nur selten, gelegentlich, bei Vorgängen, die mich ergriffen, oder deren Besprechung man freundschaftlich von mir verlangte, faßte ich den schweren Entschluß, die Feder des Componisten zu vertauschen mit der des Literaten. Einestheils war ich von der frühesten Knabenzeit her gewohnt, mein ganzes Streben darin zusammenzufassen, etwas zu schaffen, was einem abgerundeten Kunstwerke wenigstens ähnlich sehen sollte. Und anderntheils fiel es meinem musicalisch verwöhnten Ohr sehr schwer, meine Einfälle in einem Deutsch wiederzugeben, dessen Klang mir nicht wehe that. Ein eigenthümlicher Conflict begann in mir, — und dauert bis zur Stunde. Daß ich äußerer Veranlassungen bedurfte, um mich in Worten auszusprechen, — daß ich nicht die geringste Erfindungsgabe in mir entdeckt, um zu einer poetischen, wenn auch nur prosaischen Schöpfung zu gelangen, bewies mir vor mir selber meine literarische Unfähigkeit. Aber viele Leute schienen sich an dem zu erfreuen, was ich hier und da drucken ließ, während gar manche Composition, welcher ich meine beste Kraft zugewandt, — die ich mir bewußt war, nicht als Dilettant, sondern als Künstler hervorgebracht zu haben, — Theilnahmlosigkeit oder Widerspruch erfuhr. Und doch wäre ich unwahr, wenn ich sagte, daß der Reiz mich unempfindlich ließe, welcher in dem Gedanken liegt, von Tausenden fast zur selben Zeit gelesen zu werden, — durch ein Urtheil, eine Betrachtung, Unzählige zur Beistimmung oder zum Widerspruch zu veranlassen, vollends aber entfernten, zerstreuten Freunden sich mittheilen zu können und auf einige Augenblicke sein Andenken bei ihnen zu erfrischen. Die Welt in seinen Freunden zu sehen, wie es Goethe's Tasso verlangt, dazu sind wir heute doch allzu kosmopolitisch erzogen, — aber in der weiten Welt vor Allem seine Freunde im Auge zu haben, wenn sich Einem die Spalten einer weitverbreiteten Zeitung öffnen, das hat etwas ungemein Befriedigendes. Wie viel schwieriger ist es, denselben in den verschiedensten Himmelsgegenden eine neue Composition so vor's Ohr zu bringen, wie man es wünschen muß!

So denke ich's denn auch weiterhin zu treiben, um so mehr, als auch Sie, verehrte Freundin, mich aus „Schriftstellern" verweisen. Aber fern liegt mir der Ehrgeiz, ein Schriftsteller werden zu wollen. Daß ich selten schreibe, gereicht nicht allein meinen Lesern zum Vortheil, sondern sicherlich auch meinem Schreiben; es erhält bei mir die Achtung vor dem Ernst des Unternehmens, welche, wie mir scheint, den Tagesschriftstellern allzu leicht verloren geht. Einen großen Respect vor dem großen Publicum sich zu erhalten, mag schwierig sein, wenn man in allzu häufige Berührung mit ihm kommt, — eine gewisse Sorgfalt der Schreibweise mag demjenigen unnütz erscheinen, der vor Allem am bestimmten Tage zu bestimmten Zwecken wirken will. Wenn man aber nur selten die ungeheure Metamorphose zu schauen bekommt, die das geschriebene Wort erlebt, wenn es zum gedruckten wird, dann bleibt doch ein Stückchen Ehrfurcht zurück vor dieser Transsubstantiation, bei welcher sich freilich nicht die Substanz, aber doch deren mögliche Wirkung ins Tausendfache vervielfältigt. Und kann man auch nichts Besseres geben, als man hat, so gibt man dann doch sein Bestes.

Nein, das thut man doch nicht, — das thue ich wenigstens nicht in diesem Falle. Sein Bestes gibt man doch nur dann, wenn alle Kräfte, alle Fertigkeiten, die man besitzt, (seien es deren viele oder wenige), zur Krystallisation zusammenschießen, — und das ist bei mir doch nur der Fall, wenn ich als Musiker zu schaffen versuche. Aber es gibt vielleicht ein Höheres, weil Entjagungs= und Vertrauensvolleres, — die rückhaltlose Darlegung dessen, was man denkt und empfindet! Sollte dies auch Ihre Ansicht sein, verehrteste Freundin, — dann darf ich diese Mit= theilungen muthvoll fortsetzen, ohne Angst, Ihr Mißfallen zu erregen.

———— ⚬✕⚬ ————

## XXVI.

In die geistige Werkstätte wahrhaftig schaffender Menschen einen Blick zu thun, ist wohl selten Jemandem vergönnt, verehrte Freundin. Bleibt ja der Kernpunct jeder geistigen Schöpfung, der Einfall, der Gedanke, die erste ahnende Vorstellung, die dem Totalbild vorhergeht, dem sogenannten Urheber selbst ein ewiges Geheimniß. Und im Grunde ist's mit dem Meisten, was nun folgt, auch nicht viel besser. Der Wille setzt Kräfte in Bewegung, über welche mehr oder minder verfügen zu können wir uns be= wußt sind, — das Wie so? entzieht sich jeder Beobachtung. Aber schon die persönliche Betrachtung eines Dichters, wenn er einer größeren Schöpfung lebt, ist vom eigenartigsten Interesse, vollends, wenn man des kostbaren Vorrechtes genoß, dabei ins Vertrauen gezogen zu werden. Ich gedenke, indem ich hiervon spreche, einer der schönsten Episoden meines Lebens, und kann nicht umhin, Ihnen, verehrte Freundin, eingehend davon Kunde zu geben.

Es war bei der Schöpfung von Berthold Auerbach's berühmter Erzählung: „Die Frau Professorin", welche von der Birch-Pfeiffer, mehr zerlegt wie bearbeitet, als „Stadt und Land" über alle deutschen Bühnen ging. Der Dichter, mir seit vielen Jahren befreundet, hatte in unserem Hause in Dresden krank gelegen, was ihm um so peinlicher, als er das Versprechen gegeben hatte, im bevorstehenden Herbst seinem Freunde Brockhaus einen novellistischen Beitrag zu liefern und er nun Tag um Tag verstreichen sah, ohne etwas unternehmen zu können. Endlich war er wieder der Alte. Zur Feier seiner Genesung fuhren wir an einem schönen Sommertage die Elbe hinauf, bestiegen die Bastei und kehrten bei Mondschein nach Hause zurück. Voll von dem Gedanken an die zu unternehmende Arbeit, schloß mir der Dichter sein Herz auf. „Zwei Stoffe habe ich, zwischen welchen mir die Wahl schwer wird", sagte er. „Der eine würde sich leichter bewältigen, kürzer fassen lassen, — der andere ist anziehender, aber er verlangt eine breite Entwicklung, ich weiß nicht, ob die Zeit dazu ausreicht. Ich will Dir sie beide mittheilen, sage mir Deine Meinung", fuhr er fort. Und nun skizzirte er mir beide Erzählungen in jener einfach fließenden Redeweise, die er so meisterlich zu handhaben versteht und welche zuweilen einen größeren Reiz auszuüben vermag, als die vollendetste Arbeit der Feder. Die Charakterisirung der „Lorle", gewann derselben sofort meine Sympathie und ich plaidirte auf das Lebhafteste zu deren Gunsten. Ich glaube kaum, daß dies viel fruchtete, wie ich überhaupt von „gutem Rath" nicht viel halte. Indeß hatte ich die Befriedigung, daß sich der Freund innerhalb der nächsten Tage

in meinem Sinne entschied und mit aller Kraft an die Arbeit
ging; nicht ohne ein Stückchen Bangigkeit, ob es ihm gelingen
werde, sie rechtzeitig zu vollenden.

An jedem Vormittag war nun Freund Berthold während
mehrerer Stunden unnahbar, — er schrieb und schrieb. Dann
rief er mich in seine Zelle und las mir vor, was er zu Tage
gefördert. Mit welcher Spannung ich zuhörte, werden Sie leicht
ermessen, verehrte Frau. Aber mehr als durch das, was ich
allmorgenblich erfuhr, zog mich der Dichter in seinen Zauberkreis
durch die vollständige Hingabe seines ganzen Seins, an die Be=
gebenheiten, die vor ihm erstauden und entstanden. Die Personen
seiner Erzählung waren sein Umgang, seine steten Begleiter, —
seine Neigung vertheilte sich zwischen ihnen, und zwar in un=
gleichem Maße, — den Einen liebte er, für Andere interessirte
er sich, wieder Andere schienen ihm noch fremd zu stehen. Durch
die mündlichen Mittheilungen, die dem Vorlesen folgten, wurde
auch mein Verhältniß zu diesen Persönlichkeiten ein innigeres, —
und dies steigerte sich von Tag zu Tage. Auf unseren Spazir=
gängen sprachen wir von ihnen, wie von guten Bekannten, über
deren Schicksale wir uns freuten oder beruhigten, — deren Zu=
kunft uns dunkler oder heller erschien. Während es für mich nur
eine Quelle reinsten Genusses war, den Dichter im Glücke seines
Gestaltens zu schauen, wurde es ihm zu einer kleinen Wohlthat,
frisch und ohne allen Zwang aussprechen zu dürfen, wovon seine
Seele voll war, und den lebhaftesten Antheil dafür zu finden.
Wenn er dies auch oft in seiner humoristischen Weise durch die
Worte zu erkennen gab: „ich sei ihm wie ein stets offenes Clavier,

auf dem er phantasiren könne," so geschah es doch auch wohl, daß
ich, als Claviatur betrachtet, nicht ansprach, — daß ich nicht zu=
stimmen konnte zu dem, was er mit seinen schwarzwälder Freunden
zu unternehmen vor hatte. Ich nahm Partei für den Einen oder
den Andern und lehnte mich auf gegen seine Pläne für deren Zu=
kunft. Jemand, der uns behorcht hätte, ohne von den näheren
Umständen, die unseren Gesprächen zu Grunde lagen, unterrichtet
zu sein, hätte kaum seinen Ohren getraut bei den sonderbaren
Namen, über welche mit der größten Lebhaftigkeit gestritten wurde,
— und zwar nicht sowohl über ihr Wesen oder über das, was
ihnen begegnet war, sondern über das, was sie noch alles erle=
ben sollten.

Nie wieder bot sich mir Gelegenheit, einen bedeutenden Menschen
durch längere Zeit so gänzlich in Beschlag genommen zu sehen
von den Geschöpfen seiner Phantasie, — alles Andere lag „in
wesenlosem Scheine" hinter ihm.

Aber auch die materielle Arbeit, die freilich den Dichter
weniger belastet, als irgend einen andern Künstler, sie sollte
nicht fehlen. Denn als die Erzählung vollständig niedergeschrieben
war, machte sich Auerbach daran, derselben, indem er sie von
Anfang bis Ende copirte, die letzte Feile zu geben. Jetzt handelte
es sich nicht mehr um das Schicksal der Personen, sondern um
das der Sätze und Wörter. Auf's strengste wurde geprüft,
erwogen, verworfen und gewählt. Auch an dieser Thätigkeit durfte
ich mich betheiligen, und konnte dabei sehen, wie ernsthaft und ge=
wissenhaft der Freund es mit seinem Werke nahm. Zur Belohnung
für meine Theilnahme erhielt ich die erste Handschrift zum Ge=

schenk und bewahre sie als eine kostbare Erinnerung an jene schönen Stunden.

In die heiteren Werkstätten von Bildhauern und Malern haben Sie wohl öfters einen Blick gethan, verehrte Frau. So heiter ist's darin freilich nicht immer, als es sich ansieht. Die zahlreichen, strengen, ermüdenden Vorarbeiten, welche gemacht werden müssen, ehe der bildende Künstler vor dem untermalten Bilde oder gar vor dem halb gestalteten Marmor steht, entziehen sich meistens auch den intimsten Freundesblicken. Die Anfertigung der ersten kleinen Bleistiftskizze, des ersten kleinen Thonmodells, in welchen, hundertfach erneuert, der Versuch gemacht wird, das vor das leibliche Auge, wenn auch in noch so andeutender Gestalt, zu bringen, was vor dem innern lebt, — diese noch tastende, vergleichende, prüfende Arbeit verlangt wohl im Allgemeinen die vollständigste Einsamkeit. Und nicht minder strenge, gewissenhafte, zuweilen recht harte Arbeit erheischen die weiteren Vorbereitungen, das Zeichnen und Malen und Bilden nach der Natur, — das heißt, nicht wie sie sich zufällig gibt, sondern wie sie für den höhern Zweck gewählt, ja, man könnte sagen, auch mit Bezug auf lebende Modelle, wie sie componirt wird. Einer der großen Vortheile, dessen der bildende Künstler vor dem dramatischen Dichter und dem Tonsetzer theilhaftig ist, besteht darin, daß er seine Schöpfung auf jeder Stufe der Ausbildung klar vor sich hat und stets objectiv betrachten kann, soweit man überhaupt sich selbst gegenüber objectiv zu sein vermag. Hingegen ist er freilich auch durch die Stoffe, mit welchen er arbeitet, abhängiger von der äußern Welt. Licht und Luft und Nässe und Kälte können fördernd und störend, wenn auch

nur für die einzelne Stunde, auf seine Arbeit wirken. Sogar
mannigfache körperliche Anstrengungen weisen auf den Zusammen=
hang jener Schöpfungen mit der Körperwelt. In dem letzten,
langen, ausbildenden, vollendenden Stadium des Schaffens, wo es
sich so reizend ansieht, wie der vergeistigte Arm vermittelst un=
scheinbarer Instrumente, Minute um Minute, verdeutlichend, ver=
schönernd, charakterisirend auf das begonnene Gebilde einwirkt,
hat die Doppelthätigkeit, die so manche Künstler dabei zu ent=
wickeln im Stande sind, etwas Wundersames. Während das
prüfende Auge sich vertieft in die kleinste Einzelheit, die Wirkung
derselben beurtheilt an und für sich und im Zusammenhang mit
dem Ganzen, während Pinsel, Palette, Meißel nach tiefster
Ueberlegung gehandhabt werden, ist der Bildner im Stande, zu=
hörend und theilnehmend ein Gespräch zu verfolgen, in welchem
es sich um die entlegensten Dinge handelt. Daß Auge und Ohr
gleichzeitig Verschiedenartiges empfangen, gehört freilich zu unseren
gewohnten Lebenserfahrungen, — wie aber, hierauf beruhend, ein
blickendes Urtheil zur künstlerischen That führt und zur selben
Minute ein aufmerksames Hinhorchen zu einer geistreichen Antwort,
das mögen uns die Herren Physiologen erklären, wenn sie können.

„Vielleicht haben sie's erklärt, aber Sie kennen ihre Erklärung
nicht," würden Sie, verehrte Freundin, mir vielleicht zurufen. Und
da mögen Sie Recht haben. Es ist aber nur halb meine Schuld,
wenn ich in die wissenschaftlichen Aufklärungen über unsere Geistes=
kräfte kein rechtes Vertrauen setze. Mehr als einmal habe ich
versucht, aus den Arbeiten der Gelehrten über diese Dinge einige
Klarheit zu erlangen. Aber es gelang mir nicht, mein beschränkter

Laienverstand mochte dazu nicht ausgereicht haben. Doch gräme ich mich kaum darüber. Denn das hingebende Bewundern, welches es in mir erregt, zu sehen, zu hören, zu lesen, zu erleben, welcher Dinge solch ein menschliches Gehirn, mit Benutzung aller ihm zur Verfügung gestellten Organe, fähig ist, gehört zu den reinsten Freuden meines Lebens.

---

## XXVII.

„Wie man's anfängt, um zu componiren?" fragen Sie mich, verehrteste Frau, — ich glaube, wenn Sie die Frage an zehn verschiedene Componisten richteten, ein jeder würde dieselbe anders, — oder aber würde sie gar nicht beantworten! Ich jedoch muß Ihnen gegenüber mein Bestes thun, ich mag wollen oder nicht, — ich werde es also versuchen.

Schon bei der umfassenden Weise, in welcher die inquirirende Freundin die Frage stellt, muß ich verweilen. Nicht immer fängt man an zu componiren, — oft fängt es sich an, — und das ist jedenfalls die bessere Art. Dann kommt es auf den Anlaß an. Man sucht einen, — es findet sich einer, — oder es thut sich ohne alle Veranlassung, — wo dann auch wieder das Letztere oft wenigstens den Vorzug verdienen mag. — Doch alles, was ich da schreibe, ist ein unziemliches Durcheinander, — fast wie der Anfang zu einer Composition. Worte lassen jedoch nicht mit sich spaßen, ich will mithin systematisch zu Werke gehen. Und da muß ich Sie vor Allem auf den großen Unterschied aufmerksam machen, der darin liegt, ob der Tondichter von Gegebenem ausgeht oder mit dem reinen, unmittelbar ihm entfließenden musicalischen Gedanken beginnt. Ich würde sagen, ob es sich um Gesangsmusik oder Instrumentalmusik handelt, wenn sich nicht die Letztere, und zwar zu unserer Zeit so vielfach, in den Dienst der Worte begäbe, auch wenn dieselben nicht, mit den Tönen zusammenfließend, die directe Unterlage für letztere bilden.

Also Vocales! — da glaube ich kaum, daß es einen Componisten gegeben hat, wenn er irgend dieser Gattung von Geschöpfen zuzuzählen gewesen, der nicht mehr als einmal ein Lied, das ihn beim ersten Durchlesen bewegt, beim zweiten gesungen haben mag. Nach dieser Begebenheit, an welcher er so unschuldig ist, daß man sie kaum eine künstlerische That nennen kann, bleibt ihm übrig, seine gewonnenen Töne aufzuschreiben. Er wird dann kaum über eine Note der Melodie, der Begleitung und alles dessen, was damit zusammenhängt, im Zweifel sein. Häufig wird es jedoch auch vorkommen, daß er die Wahrheit des bekannten Sprüchwortes vom „geschenkten Gaul" nicht gelten läßt, — sich zum Kritiker des Gegebenen aufwirft, dessen Schwächen sich bloßlegt und sie zu verbessern trachtet. Oder auch als Toilettenkünstler den neuen Sprößling ins angemessenste, kleidsamste Gewand zu hüllen sucht, wobei er sich zu hüten haben wird, nicht des Guten zu viel zu thun, — denn ein solches Kind verlangt zarte Schonung.

Ein ander Mal, verehrteste Fragerin, blättern wir in den Poesieen eines Lyrikers, und wie in einer bunten Menge, nachdem mehr als eine holde Gestalt an uns vorübergezogen, ohne unsere

Aufmerksamkeit in Anspruch zu nehmen, plötzlich ein Antlitz auf=
taucht, das uns anzieht, ohne daß wir wüßten, warum?, so fesselt
uns plötzlich ein Gedicht, welches gar nicht zu den Auserlesensten
zu gehören braucht. Es hat eine Saite in uns berührt, die zu
schwingen beginnt. Wir lesen es abermals und abermals durch, —
die Saite wird zum Ton, — zum rhythmisch bewegten Ton, —
und nun legt sich unsere musicalische Seele, wie eine Hand auf
eine gespannte Saite, — und eine melodische Folge erklingt.
Der künstlerische Wille tritt hinzu, — wir halten fest, was wir
hören, sei es durch's Gedächtniß, sei's durch die Feder, — wir
fassen unsere ganze concentrirte musicalische Geisteskraft zusammen,
um das Entstandene fortzuspinnen — einer Perlenschnur gleich —,
die Töne einander zu reihen. Zuweilen erscheint vor dem schauenden
Ohr die Form des zusammenhaltenden Schlosses oder Schlusses,
ehe die Reihe sich vervollständigt, und unsere Phantasie erblickt
ein Ganzes, trotz so mancher Lücke. Jetzt bedürfen wir des Er=
lernten, Geübten, der Erfahrung, des gebildeten Geschmackes, der
Gestaltungskraft nach allen Seiten hin, um aus dem halb Ge=
ahnten, halb Gefundenen ein Fertiges herzustellen, — mit so
viel Fertigkeit, als wir eben zu erwerben im Stande gewesen.
Und der innere Friede, der sich nach diesen leichteren oder
schwereren Arbeiten einstellt, wenn auch nur auf kurze Zeit, er
gereicht uns zur höchsten Befriedigung.

Ein solch schnelles Erschaffen eines kleinen Tonstückes kommt
auch oft genug vor bei Compositionen, die weder von der Wort=
Dichtung ausgehen, noch sich mit ihr verbinden, — ich meine bei
instrumentalen Sätzen. Die ersten Anregungen dazu, wie auch

zu ausgedehnten, mehrsätzigen Werken entstammen allen kleinen und großen Dingen, die unser Herz bewegen, unsere Stimmung beeinflussen, ja, auch nur unsere höheren Sinne ergötzen. Denken Sie Sich die musicalische Phantasie als einen Körper, der leicht Feuer fängt, — auf wie mannigfache Weise wird er sich nicht entzünden! Bei Instrumentalisten, die gern auf ihrem Instrument phantasiren, werden oft ein paar Tacte, die charakteristisch hervortreten und die den halb Träumenden frappiren, den Keim abgeben zu größeren oder kleineren Gestaltungen. Dem Einen ist der bloße Anblick des vor ihm liegenden Notenpapiers schon anregend, — beim Andern wird, am günstigen Tage, ein schneller Gang im Freien die klingenden Geister aufrütteln. Zum Wichtigsten gehört, daß man leicht erkenne, was in den tönenden Schwärmen, die vor uns herfliegen, des Haschens, Einfangens, Bewahrens werth sei. Ein scharfes, schnelles Urtheil ist vor Allem vonnöthen, wenn nicht bedeutende Anstrengungen an allzu geringen Stoff verschwendet werden sollen. .

Werke von bedeutendem Gehalt, oder wenigstens Umfang, gehen oft von Tonbildern aus, die nicht fester gezeichnet sind, als ein blaues Wölkchen, das fern am Horizont schwimmt, — eine Tonart mit rhythmischem Geträusel, — ein paar Töne, die irgend einem Instrument eigenthümlich, — ein in Worten nicht zu bezeichnendes Stimmungsbild, in welchem aber nur Farben, kaum irgend eine Linie dem innern Sinne sichtbar. Wie nun hieraus die Hauptmotive, verschiedenen Persönlichkeiten gleich, klarer und klarer hervortreten, — wie ein Thema nach einem gleichgestimmten, ein anderes nach einem contrastirenden verlangt,

— wie das Eine oder das Andere sich als das herrschende fest-
setzt, wie der Charakter eines ganzen Satzes entspringt aus dem
Verlangen, einen vorhergehenden zu geringerer, einen folgenden
zu größerer Geltung zu bringen, — wie das alles dem Tondichter selbst nach und nach immer mehr zu einem Wesen, zu
einem Geschöpfe sich verklärt, davon ist um so weniger zu sprechen,
als es nicht nur bei jedem Tonsetzer, sondern auch bei jedem
Werke anders sein wird.

Von dem, was schließlich geschehen muß, um durch Ausarbeitung und Instrumentation Etwas herzustellen, was in der
rechten Beleuchtung zur richtigen Wirkung gelangen kann, davon
gibt Ihnen der Maler eine Vorstellung, wenn er hier das Licht
verstärkt, dort den Schatten verdunkelt, hier die Farben zart in
einander übergehen läßt, sie dort in voller Kraft neben einander
setzt, — man würde nicht zu sprechen aufhören, wollte man alles
sagen, was sich hierüber sagen läßt, — und doch nicht genug
gesagt haben.

Handelt es sich jedoch, verehrteste Freundin, um Vocalwerke
größeren Umfanges, deren Text nicht, wie gewisse Compositionen
für die Kirche, ein für alle Mal gegeben ist, dann gehen der
musicalischen Conception alle die Erwägungen voran (beziehentlich
des Stoffes und seiner sprachlichen Ausführung), die ich Ihnen
nicht zu bezeichnen brauche und an deren nicht ausreichender
Stärke so manche Tondichtungen scheitern, auch wenn sie, vom
musicalischen Standpuncte aus angesehen, stark genug wären, eine
glückliche Fahrt zurückzulegen.

Wenn Sie mit dem, was ich heute darzulegen versucht habe,

nicht gar zu unzufrieden sind, komme ich auf die letzterwähnten Dinge vielleicht noch einmal zurück.

Nun ich meinen Brief durchgelesen, sehe ich, daß alles, was ich geschrieben, im Grunde gar wenig sagt. Kann man das Rechte nicht aussprechen? — kann ich es nicht? Oder werden Sie doch vielleicht etwas mehr daraus entnehmen können, als ich in diesem Augenblicke voraussetze? Seien Sie huldvoll, meine Gnädigste, fügen Sie hinzu, was Sie errathen, — und lassen Sie mich es lesen.

---

## XXVIII.

Sie sind nicht allzu unzufrieden gewesen mit meinen Andeutungen, verehrteste Frau, und meinen: „Wenn Jemand gute Gedanken habe und wisse sie gut zu behandeln, dann könne etwas Gutes daraus werden, — das sei klar, wie der Tag. Aber dem Gedichte oder auch dem gewählten oder gegebenen Thema einer Instrumental=Composition gegenüber müsse doch der klar bewußte Wille schon bei der ersten Erfindung thätig sein." Und Sie fragen mich, ob ich nicht Rechenschaft geben könne von der Einwirkung jenes Wollens auf die Physiognomie des musicalischen Gedankens?

Einiges davon wird sich doch wohl klar legen lassen, verehrte Freundin. Kennen wir doch aus der Erfahrung manche Hülfs=mittel, welche die Tonkunst besitzt, um zu mehr oder weniger bestimmten Eindrücken zu gelangen. Daß im Allgemeinen der

Moll-Tonart die Klage leichter zugänglich ist, als der Dur-Tonart, — daß die Verschiedenheiten des Tactes und des Zeitmaßes, einfacherer, reicherer oder überschwänglicher Harmoniefolgen, diatonischer oder chromatischer Melodiebehandlung, breiterer oder kürzerer metrischer Einschnitte, tiefer oder hoher Stimmlagen, dieser oder jener instrumentalen Organe und was sich sonst noch anführen ließe, — daß alle diese Mittel uns zur Auswahl vorliegen und benutzt werden müssen, wenn wir, um es kurz auszudrücken, dramatisch sein wollen, — weiß jeder Componist, wenn er sich auch kaum mehr Rechenschaft davon geben mag. Wie bei gewissen Gebeten, national gefärbten Liedern, Märschen, Tänzen und dergleichen die rhythmische Grundlage gegeben, ja, vielfach geboten ist, brauche ich nicht zu erwähnen.

Aber alles dies führt doch nur zum Aeußerlichsten des Auszusprechenden, — zu wenig mehr, als zum Gewande der zu schaffenden Gestalt. Sobald wir uns zu dieser wenden, gelangen wir wieder zum Unbegreiflichen jeder geistigen Schöpfung. Denn die harmonische Einheit, welche große Tondichter hervorzuzaubern wußten zwischen den Charakteren, die ihnen von der Dichtung gegeben worden, und den Melodieen, welche sie ihnen in die Kehle gelegt, ist das Resultat jener Kraft der Phantasie, die dem, was sie selbst noch nicht kennt, was sie innerlich noch nicht gehört hat, im Momente des Schaffens denjenigen Ausdruck gibt, welcher der angemessene ist. Und sie thut's, durch den Rhythmus der Verse weniger geleitet, als durch die auferlegte Fessel derselben bedrängt.

Erklärlicher wird die Sache jedoch, wenn der Tondichter sich unter die andauernde Leitung der Textesworte stellt und es sich nur zur Aufgabe macht, denselben durch Töne zu schärferem Ausdruck zu verhelfen. Hiebei ist von jener Gestaltungskraft nicht mehr die Rede, — und so viel Talent dabei angewendet werden kann, das schöpferische Genie, welches aus einer Rippe eine Eva schafft, hat hiermit nichts mehr zu schaffen. Ein verständnißvolles Erwägen und Abwägen der Sprachaccente, eine wohlüberlegte Anwendung der bekannten musicalischen Ausdrucksmittel reichen hiezu aus, und es bedarf nicht jener blitzartigen Erleuchtung, welche, traumhafte Wolken plötzlich verscheuchend, dem glücklichen Genius die Kraft verleiht, die Melodieensterne des glänzenden Himmels zu erblicken und zu fassen.

Sie wissen, verehrte Freundin, daß ich im Allgemeinen kein Anhänger bin jener Instrumentalmusik, die mehr bedeuten will, als sie musicalisch bedeutet, und ich glaube, Ihnen schon früher einmal hierüber geschrieben zu haben. Die Erfindung solcher benamsten, beschreibenden, wo nicht gar erzählenden Tonstücke hat auf die verschiedenartigste Weise Statt. Wohl mag es geschehen, daß der wiederzugebende, zu zeichnende, zu malende Gegenstand eben so klar vor dem Auge des Componisten stand wie ein lyrisches Gedicht und sich eben so spontan in Töne verdichtete. Oder auch, daß dem Musiker nach der halb oder ganz vollendeten Schöpfung eines kürzern Tonstückes ein Gegenstand, ein Name als so adäquat aufleuchtet, daß er der Phantasie nur ihr Recht widerfahren ließ, indem er ihn mittheilt. In beiden Fällen mag der musicalischen Schöpfungskraft ihre Kraft und nicht zu analysirende Ursprünglichkeit bewahrt bleiben. Auch der ersten Anre-

8*

gung, welche sie sei, zu einer größern instrumentalen Dichtung mag sich der Componist bewußt geblieben sein und sie offenbaren, wenn sie auch unerklärlich und meistens auch wenig erklärend ist.

Eine verstandesmäßige, allzu begreifliche Verfahrungsweise tritt aber bei der eigentlichen sogenannten Programm-Musik ein, wo ein Gedicht, eine Beschreibung, ein Erzähltes, Vers um Vers, Bild um Bild, Situation um Situation in Musik übersetzt werden sollen, — wo man die Absicht nicht allein fühlt, nein, wo es Absicht ist, diese Absicht möglichst zu verdeutlichen. Hier hört jede Spontaneität fast gänzlich auf, und eben so selten wie andere Uebersetzungen werden diese den Eindruck des Ursprünglichen zu machen im Stande sein. Je mehr aber in der Musik das, was sie zur Erscheinung bringt, entfernt steht dem, was wir kennen und schauen, und je inniger es sich dem verbindet, was wir empfinden, desto tiefer wird es wirken.

Statt alles Gesagten hätte ich Sie, Verehrteste, auf Sich selbst anweisen sollen, wenn Sie spielen oder singen. Wenn Sie es Sich deutlich gemacht haben werden, wie Sie's anfangen, um Ihre Töne jetzt einfach innig, dann leidenschaftlich entflammt, „himmelhoch jauchzend" oder „zum Tode betrübt", erklingen zu lassen, dann haben Sie das Räthsel geistiger Schöpfung gelöst, und ich werde Ihnen noch dankbarer sein, als ich es Ihnen schon bin, wenn Sie mir die Lösung mittheilen.

## XXIX.

Neulich war mein Geburtstag. Ich hüte mich, verehrte Frau, Ihnen zu sagen, der wievielte, — Sie würden mich vielleicht zu sehr als einen Patriarchen zu behandeln geneigt sein. Ist es nicht sonderbar, daß man eine, wenn auch noch so geringe Bedeutung einem Tage beilegt, weil er der so und so vielte eines bestimmten Monates ist und man uns, ehe wir noch ahnten, was das heißt, versicherte, wir seien auf die Welt gekommen an einem gleich bezeichneten Tage! Bei der Wiederkehr der Jahreszeiten, die zu erleben wir auserlesen oder verurtheilt sind, liegt eine Rückschau, wie mich dünkt, wohl im Wesen des Menschen, wenn er sich auch möglichst von den Einflüssen der Wandlungen in der Natur zu befreien sucht. Aber das Datum ist doch von gänzlich conventioneller Bedeutung, wenn es sich um unsere Geburt handelt, es müßten denn die Gestirne ein Wort mitzureden haben. Vielleicht! — wer weiß! — Goethe verfehlt nicht, die Constellation mitzutheilen, wie sie am 28. August 1749 Statt hatte.

Glauben Sie, verehrteste Freundin, daß sich viele Menschen bei jener Rückschau, welche Geburtstag, Namenstag, Neujahrstag bei dem Einen oder Andern veranlassen, der vergangenen Zeiten rein und voll erfreuen? Vielleicht sind Sie zu jung, um eine solche Frage zu beantworten, — in Ihren Jahren freut man sich der Gegenwart und denkt wenig an die Vergangenheit. Nicht so in den meinen. Wenn ich die durchlebten Jahre heraufbeschwöre, so erscheinen sie mir wie Krieger, die aus einem heißen Kampfe heimkehren. Der eine trägt den Arm in der Binde, der andere hat ein zerschossenes Bein, hier wird einer fortgetragen, der einen Schuß ins Herz bekommen (er wird sich schwerlich erholen) — und dort setzt sich einer nieder, um das Blut zu stillen, welches ihm aus der Stirn bringt. An jungen Burschen, die wohlbehalten und keck dreinschauen, fehlt es jedoch auch nicht und ein kleiner Trommelschläger wirbelt seinen Marsch lustig genug, und der Fahnenträger trägt zwar eine zerschossene Fahne, aber er hält sie hoch und er trägt sie mit festem Arm.

Hätte man doch nur Zeit verloren! Denn das bleibt stets ein fraglicher Verlust, und so mancher für verloren geachtete Tag war vielleicht ein ersprießlicher. Aber man hat geliebte Menschen verloren! viele durch den Tod, — so manche durch's Leben! Man hat Hoffnungen begraben und manchen holden Glauben hat man eingesargt. Und wie viel vergeblicher Arbeit begegnet man, — und unnützer Anstrengung! — Momente steigen vor uns auf, die uns das Blut in die Wangen treiben, — man war, — fast zögere ich, es hinzuschreiben, — man war ungeschickt, linkisch, — und das verdrießt mehr, als der Gedanke, daß man auch wohl einmal schlimm gewesen. Hier tauchen schöne Vorsätze auf, — und dort reizende Pläne, — Alles verblüht, verweht. Warum gedenkt man vorzugsweise aller dieser Traurigkeiten? Warum ist man nicht vor Allem dankbar? Denn wer hätte nicht Grund genug zur Dankbarkeit? Und vollends ein Mensch, dem so viel Gutes zu Theil geworden, wie mir! Haben mir nicht so manche gute, reizende, bedeutende Menschen Achtung und Neigung ge-

schenkt? Habe ich nicht des Schönen so viel gesehen, was Natur
und Kunst auf dieser Erde angehäuft? War es mir nicht oft
vergönnt, die reinste Lust des Schaffens zu genießen? Haben
sich nicht so Manche an dem erfreut, was ich geleistet?
— Und mir leben geliebte Angehörige, — und treue Freunde
und Freundinnen, — und noch fühle ich die Kräfte nicht erschlafft,
mit welchen ich wirken und schaffen konnte. Und oft höre ich's
aussprechen, daß meine vergangenen Tage keine verlorenen gewesen, — daß ich noch nicht unnütz bin auf dieser Welt, — und
trotz alledem und alledem, es gibt Stunden, in welchen ich den
Glauben an mich verliere.

Im Grunde mag es doch nur ein Mangel an Bescheidenheit sein! Oder vielmehr der Fehler, sich nicht bescheiden zu
können. Das scheint sich sehr nahe zu liegen, — es ist weit
entfernt von einander. — Das Erstere hängt von der Meinung
ab, die man von sich hegt, — das Letztere von den Wünschen,
mit welchen man sich trägt, — die Beiden müßten sich decken!
So geschieht es wohl bei Solchen, die nur genießen wollen und
sich um so würdiger halten, es zu thun, als ihnen die Mittel
dazu gegeben sind. Wir armen Teufel aber, die wir vor Allem
unsere Freuden suchen in den Freuden, die wir zu geben im
Stande sind, wir sind schlimmer daran. Es ist leicht bescheiden
sein beim Empfangen, — aber es ist quälend, wenn man es sein
muß beim Verschenken.

Wie ungerecht beurtheilt man im allgemeinen Künstlernaturen,
wenn man glaubt, daß die Befriedigung, die ihnen zu Theil
wird, vor Allem in dem Tribut liegt, welchen man, unter doppel-

ter Form, ihren gelb= und ruhmbebürftigen Personen zollt. Das
Beste, was sie geben können, hinzugeben, das ist ihnen Freude,
und damit Freude zu schaffen, ist ihr vornehmster Lohn. Auch
bei geringeren künstlerischen Naturen steht das, was man Ehr=
geiz, Eitelkeit, Begierde nach Stellung und Reichthum nennt, erst
in zweiter Linie. Die Verweigerung der Theilnahme, mag sie
verdient oder unverdient sein, ist es, die unmittelbar und vor
Allem erkältend aufs Gemüth wirkt, — es thut weh, kein Echo
gefunden zu haben. Und wie erweitert sich das Herz einem
Jeden, der durch irgend eine Aeußerung, welcher Art sie sei, sich
berechtigt fühlt, zu glauben, daß er durch sein Thun Freude, Ge=
nuß, Befriedigung, Erhebung geschaffen! Niemand zweifelt daran,
daß es zum Wohlthuendsten gehöre, Gutes zu wirken, — auch
durch das Schöne wirkt man Gutes, und die gelungene künstlerische
That wirkt nicht weniger wohlthuend auf den Spender zurück,
als auf den Menschenfreund die philanthropische.

## XXX.

Das ist eben das Schlimme, verehrteste Freundin, daß es
Tage, ja, daß es Zeiten gibt, während welcher der Tonkünstler
nicht allein an sich irre wird, sondern auch an seiner Kunst, —
wo er jenes Ritters der Uhland'schen Ballade gedenken muß, der
mit aller Kraft für eine Dame kämpft, welcher sein ganzes Wesen

angehört, die er aber nicht achten kann. Es ist freilich thöricht,
— es ist auch nur vorübergehend, — aber es ist bitter. In
allem, was die Menschen thun und treiben, findet sich ja neben
dem Größten das Nichtigste, neben dem Besten das Niedrigste,
neben dem Schönsten das Verächtlichste, aber in unserer Kunst
liegt das alles so nahe neben einander in der Erscheinung und
in der Wirkung und der Sieg des Frivolsten ist im Grunde so
gleichgültig, daß uns, wenn wir es ernst damit nehmen, wohl
zuweilen bange werden kann. Das Publicum, welches sich an
Musik ergötzt, ist ein so vielfach zusammengesetztes! Ueberall
vergnügen sich gewisse Schichten der Gesellschaft am Gemeinen, —
gleich und gleich gesellt sich gern. In der Tonkunst aber sind
es oft die Gebildetsten, die geistig am höchsten Stehenden, welchen
die fadeste Kost am besten behagt. Von Werken der Literatur,
die in dieselbe Kategorie gehören, würden sie sich mit Verachtung
abwenden, — in Tönen macht es ihnen Freude. — Es ist ja
auch kein Arg dabei! Der Eindruck ist ein so oberflächlicher, ein
so vorübergehender, daß er keine Spur zurückläßt. Ohne Worte
bleibt der Musik immer ein gewisser Grad von Unschuld; an
schlechten Büchern kann ein Mensch zu Grunde gehen, an schlechter
Musik höchstens ein Musiker. . So ist es denn natürlich, daß
gerade in den Kreisen der Höchstgebildeten oft genug eine freundliche Geringschätzung der Tonkunst zu finden ist, — und daß ein
Voltaire ausrufen durfte: „Sonate, que me veux tu?“ Man
reicht hiergegen mit der Einwendung nicht aus, daß auch Hoch-
gebildete gerade von Musik nichts zu verstehen brauchen, — auch
in die bildenden Künste haben viele treffliche Leute kein richtiges

Einsehen. Deßhalb wird es ihnen aber nicht in den Sinn kommen, die Werke der Plastik geringschätzig zu behandeln. Schon ihr dauernder Werth als dauerndes Eigenthum stellt sich einer solchen Auffassung entgegen, — und zwar dieser vielleicht vor Allem! Die Werke der Tonkunst, die guten, wie die schlechten, rauschen vorüber, — sie haben für die Menschen nur Werth, so lange sie dieselben hören, — dem Weine gleich verlieren sie ihn, wenn man sie genossen hat. Die Erzeugnisse der Plastik hängen ferner mit so Vielem zusammen, was uns bedeutsam und wichtig erscheint; — sie bewahren uns die Physiognomieen ausgezeichneter Persönlichkeiten wie historischer Epochen, — vergangener Sitten wie umgewandelter Stätten. Abgesehen von dem Kunstwerthe, den sie haben, dessen sie entbehren mögen, reihen sie sich durch ihre bloße Erscheinung ein in die Gedanken, in die Thaten, in die Dinge, die für unser Leben die wichtigsten sind. Nur Weniges hiervon bietet die Tonkunst, — und dieses Wenige ist nur den Wenigsten zugänglich. Sogar ihre Verbindung mit den verschiedenen Culten und die wechselnde Theilnahme an denselben ist mit dem innersten Wesen dieser Letzteren nicht so innig verwachsen, wie man es glauben könnte, — sie lebt eben immer und überall ihr eigenstes Leben. Ist es da zu verwundern, wenn der Musiker, der doch „auch ein Mensch ist, so zu sagen", es zuweilen als einen Mangel empfinden wird, mit dem, was ihm auszusprechen vergönnt ist, sich nicht unmittelbarer betheiligen zu können an den Fragen, welche die Welt bewegen? Daß es ihn peinigen muß, so oft zu erleben, daß die Sprache, die er spricht, so vielfach mißverstanden wird? Daß man das Beste und das

Nichtigste, was darin gesagt wird, so verständnißlos zusammen-
wirft? Daß Dasjenige, worin der Kern seines geistigen Seins
liegt, angesehen wird, als entbehre es jeden Kerns?

Hat man sich aber einmal in solche und ähnliche Betrachtungen versenkt, dann schließen sich allzu leicht auch diejenigen an,
die auf die Stellung Bezug haben, welche die Gesellschaft dem
Tonkünstler anweist, — die sich aus dem Wesen seiner Kunst
eigentlich von selbst ergibt. Bei dem Staatsdiener, dem Docenten,
dem Soldaten, dem Priester mag es mit dem Werthe des Einzelnen
oft genug recht schwach bestellt sein, — es fällt ein Strahl auf
ihn von dem Glanze, der den Staat umgibt, — an dessen Würde,
an dessen Erhaltung und Bildung er sich, wenn auch in einem noch
so geringen Grade, betheiligt. Auch dem bildenden Künstler, der
an einer dauernden Verherrlichung der Individuen und ihrer
Thaten sich betheiligen kann oder Werke schafft, deren Aneignung
die Eitelkeit der Reichen reizt, wird an und für sich eine gewisse
Wichtigkeit verliehen. Ich schweige von jenen, die einen Theil
der Macht zu gewinnen wissen oder wußten, welche die welt-
beherrschende ist. Der Tonkünstler hingegen, auch wenn es ihm
gelungen, Achtung, Verehrung, ja, Bewunderung zu erlangen, —
wenn er Gaben zu spenden hat, die den Menschen entzücken und
um welche man ihn verhätschelt, — seine Stellung ist in ihrem
tiefsten Grunde eine exceptionelle. In unserer musiksüchtigen Zeit,
— in unserer vorurtheilsloseren Geselligkeit hat sich ja Manches
verloren, was für unsere harmonischen Vorfahren kränkend, ja,
erniedrigend war, — aber es bleibt immer ein Verhältniß, wie
das des Pächters zu dem, der auf eigenem Grund und Boden

steht. Daß er auch in seiner materiellen Existenz abhängig ist von der ewig wechselnden Gunst des Publicums, hat er mit allen denen gemein, die für den geistigen Luxus der Menschheit arbeiten. — Beruhte diese Gunst nur auf tieferer Grundlage, als es allzu oft der Fall ist!

Ich glaube zu errathen, was Sie, verehrteste Frau, allen diesen melancholischen Betrachtungen zu entgegnen haben, — aber ich möchte es lesen, geschrieben von Ihrer anmuthigen Hand.

---

## XXXI.

Seit einiger Zeit beginne ich mein Tagewerk mit einem reizenden Morgensegen, — ich lese täglich ein Quartett von Haydn, — dem frommsten Christen kann ein Capitel aus der Bibel nicht wohler thun.

Welch eine gebenedeite Erscheinung ist dieser Tondichter! Könnte alle Welt Musik lesen, er wäre einer der größten Wohlthäter der Menschheit, — mir ist er eine der liebsten Erscheinungen, nicht allein auf dem Gebiete der Tonkunst, — nein, auf dem ganzen weiten Gebiete des Schönen und Wahren, so weit mir das Glück geworden, es kennen zu lernen.

Erinnern Sie Sich, verehrte Freundin, der endlosen Zahl von bedeutenden Eigenschaften, welche Goethe irgendwo dem Voltaire beilegt? Ständen mir die Worte zu Gebot, wie unserem Pro-

pheten des neuesten Bundes, ich würde diese Seite anfüllen mit
einem Gegenstück zu jener Preisreihe. Haydn besaß Reichthum
der Erfindung, Anmuth, Heiterkeit, Gesundheit, Humor, Geschmack,
Geist, Herz, Ruhe und Lebendigkeit, Originalität und Verständ=
lichkeit, Freiheit und Maß, Tiefe und Klarheit, Wissen und Er=
fahrung. Er mußte zu berechnen, wenn er spielte, und scheint zu
spielen, wenn er berechnet. Mit kindlicher Naivetät verbindet er
die vollendete Sicherheit des gereiftesten, einsichtigsten Mannes,
— mit der weichen Hingabe des Improvisators die Logik des
strengen Denkers. Welche warme Herzensgüte, — welch ein
seliger innerer Friede liegt in diesen Schöpfungen! — Ein in
sich vollendeter Künstler und Mensch tritt uns in voller, einfacher
Schöne entgegen. Wie freut er sich, ohne alle Selbstüberhebung,
des Glückes, das er zu spenden sich bewußt sein mußte! Hat man
sich an der Frische dieser Töne gelabt, hat man die Unruhe des
eigenen Innern gestillt durch den Frieden, den sie athmen, so
bleibt für den Componisten ein unerschöpflicher Quell von Beleh=
rung. Denn in dem kleinsten Zuge liegt eine Meisterhaftigkeit,
die um so größer ist, als sie durchaus nicht groß thut, — der
man fast nachforschen muß. Man kann aber sicher sein, sie überall
zu finden.

Es wird behauptet, daß große Genies sich immer durcharbeiten.
Vielleicht darf man um so mehr dieses landläufige Axiom gelten
lassen, als die Schwierigkeiten, mit welchen so manche zu kämpfen
hatten, nur von außerordentlichen Naturen besiegt werden konnten.
Bedenkt man, was alles zusammenkommen muß in solchen aus=
erlesenen Männern und um sie her, auf daß sie in die Erscheinung

treten können, so darf man sich nicht wundern, wenn sie so selten sind. Der höchsten Begabung muß sich die Charakterstärke gesellen, der spontanen Kraft der Erfindung der unermüdlichste Fleiß. Widerwärtigkeiten dürfen nicht verbittern, Erfolge dürfen nicht berauschen. Ein festes Selbstvertrauen muß sich einen, dem steten Drang nach dem Unerreichten. (Kenner behaupten, Rafael habe bei jedem neuen Bild einen andern Weg eingeschlagen). Das alles enthält unendlich viel mehr, als ich ausspreche. Und die physische Kraft muß sich der geistigen verbinden. (Wie selten sind Männer, die, wie Schiller, unter körperlichen Leiden sich oben zu halten wußten!) Dann aber müssen solche auserwählte Günstlinge der Natur zur rechten Stunde kommen. Sie müssen das Erdreich vorbereitet finden für das, was sie zu säen haben, — Sonne und Mond, Thau und Wolken müssen ihre Schuldigkeit thun. Und die Aernte muß auch ihnen Segen spenden, — nicht nur aller Welt!

Bei den größten deutschen Tondichtern, die ihr Volk in viel höherem Maße bereichert haben, als man es trotz aller noch so überlauten Bewunderung im Allgemeinen begreift, würde es leicht sein, nachzuweisen, welche Schaffens- und Wirkensbedingungen für ihre Entwicklung und ihren Einfluß sich zusammen fanden, — es ist ja auch theilweise geschehen. Unser lieber alter Haydn (Sie müssen mir versprechen, Sich mehr mit ihm zu beschäftigen, als es wohl bisher der Fall gewesen sein mag!) hatte schwerer zu kämpfen als mancher Andere, — aber während des besten Theils seines Lebens hatte sich dasselbe, hatte er dasselbe so gestaltet, wie es seiner Aufgabe nicht gemäßer sein konnte. Gern stelle ich

mir den liebenswürdigen Meister vor, wie er durch die langen
Jahre seines Esterhazy'schen Capellmeisterthums, stets schaffend,
horchend, prüfend, inmitten seiner Musiker, — weit entfernt von
dem unruhigen Treiben großer Städte, — ein Seelenleben in
Gesängen aussprach, welche überall hin den heitern Frieden
brachten, dem sie entflossen.

Wie ungerecht, wie unverständig ist es doch, ihn anzuklagen,
daß die Gluth der Leidenschaft, der Schmerz der Sehnsucht, die
Vertiefung in die Schattenseiten des Daseins nicht seine Sache
gewesen! Man begnüge sich doch, ihn als den zu nehmen, der
er ist. Und er ist ein Erlöser, — kann es Höheres geben?
Wie heißt es doch im Elias? Nicht im Sturmwind, nicht im
Erdbeben, — im stillen, sanften Sausen erschien der Herr.

Lächeln Sie nicht, verehrte Freundin, wenn ich Ihnen nun,
nachdem ich so lange über Haydn gesprochen, als Gegensatz
mittheile, daß mir dieser Tage der X.'sche Orden zu Theil geworden. Aber ich möchte einen heitern Glückwunsch von Ihnen
erhalten, — zum Hübschen das Gute.

## XXXII.

Ja doch, ja, verehrteste Freundin, ich freue mich der Auszeichnung. Wie sollte ich nicht? „Denn was man schwarz auf
weiß besitzt, kann man getrost nach Hause tragen." Solch eine
Schublade im Schreibtisch mit einer kleinen Ordenskette ist eine
Art von Zauberspiegel, aus welchem uns unser Antlitz ganz verklärt entgegen schaut. „Du bist doch ein Mensch, der sich sehen
lassen darf," scheint er zu sagen. „Ein Auserlesener aus Tausenden!" Freilich, aber auch mit Tausenden. „Du gehörst zur
Schar der bedeutenden Männer!" Gibt es denn wirklich bedeutende Männer in Scharen? — „Wie sollte die Menschheit bestehen
können ohne sie?" — Ist man dann schon bedeutend, wenn man
seine Schuldigkeit thut? „Der Größte kann nicht mehr thun."
— Und deßhalb gibt man ihm ein Ehrenzeichen?

Eigentlich ist's doch ein Zug von Bescheidenheit, der so Un-
zähligen inne wohnt und sie begierig macht nach einem äußern
Zeichen von Anerkennung. Oder geschieht es mehr, um Anderen
damit zu imponiren? Schlimm ist's, daß zwei Fragen sich nothwendiger Weise aufdrängen: warum besitzt es dieser? und warum
besitzt es jener nicht?

Seien wir aufrichtig, verehrte Freundin, — Sie wissen es
ja besser als ich! Man gibt Orden aus Gunst und aus Dankbarkeit, aus Convenienz und aus Achtung, aus Artigkeit und
aus Liebe zum Glanz. Ja, es soll nicht unerhört sein, daß man

Solchen welche gibt, die man gewinnen will, obschon man sie weder liebt noch achtet. Doch welche menschliche Einrichtung ist ohne Mängel?

Ein reizendes Wort, sagte Goethe zu einem meiner Freunde, welchem er den Titel „Professor" hatte verleihen lassen. (Ein Titel ist ein Orden für's Ohr, wie ein Kreuz für's Auge.) Also Goethe sagte: „Ein Titel und ein Orden bewahren im Gedräng vor manchem Puffe." Die Menge ist ja im Allgemeinen gläubig, — warum sollte sie es hierbei nicht sein? Das Schlimmste wäre doch, daß sie Manchen zu sehr respectirte, — immerhin besser, als wenn sie Verdienten zu wenig Achtung bezeigt, — und das Erstere ist sicherlich heutzutage weniger zu fürchten als das Letztere.

Goethe's Wort hat jedoch offenbar nur Bezug auf das Getriebe der Gesellschaft im breitesten Sinne. Das große Publicum bestätigt Ordens-Verleihungen oder es ignorirt sie, — es mag sich zuweilen irren in der Wahl seiner Lieblinge, aber es läßt sich durch äußere Auszeichnungen kaum bestechen. Wer denkt daran, ob wahrhaft hervorragende Männer Ordenszeichen besitzen? — Niemand, — nur hier und da sie selbst!

Mit dem Ordentragen ist's auch eine eigenthümliche Sache, — ist man unbescheiden, wenn man sie zeigt? oder unbescheiden, wenn man sie verbirgt? Ich habe daraus noch nicht klug werden können. Die Franzosen sind von einer kindlichen Naivetät in diesen Dingen, die ich kaum mehr Eitelkeit nennen möchte, — sie heften ihre rothen Bändchen an jedes Kleidungsstück an, ich glaube, selbst an ihren Schlafrock! Aber man muß ihnen zugestehen, daß sie auch in

Derartigem mehr Geschmack haben als andere Nationen. Ihre geringste decorative Auszeichnung bezeichnet den, der sie besitzt, als einen chevalier de la légion d'honneur. Bei uns in Preußen (der Himmel verzeihe mir die doppelte Sünde der Undankbarkeit und der Lästerung) geht es hierbei etwas chinesisch zu. Man wird durch ein Kreuz, das auf einer Stufe steht mit dem, welches den Franzosen zum Ehren=Ritter stempelt, zum Angehörigen einer vierten Classe, — eine neue Schulzeit beginnt! Freilich, lernen kann man bis an's Ende des Lebens!

---

## XXXIII.

Aber warum lassen Sie mich so wenig von dem wissen, verehrteste Frau, was Sie in Ihrem täglichen, nicht alltäglichen Leben berührt? Wohl weiß ich, daß ich kaum Anspruch darauf zu machen habe, — daß ich mich glücklich preisen darf, Ihnen nicht allein von dem sprechen zu dürfen, was mich als Künstler beschäftigt, sondern auch von dem, was mir als Mensch widerfährt, — von meiner Vergangenheit und meinen gegenwärtigen Zuständen. Im Grunde sind wir uns ja so fremd! Das heißt, im Grunde sind wir es uns doch nicht. Denn was bedeuten die Zufälligkeiten des Lebens gegen die Anschauungen, die allem, was uns begegnet, erst Werth und Bedeutung geben? Und in diesen treffen wir, zu meinem Preise sei's gesagt, oft genug zu-

sammen. Auch weiß ich, daß die größere Offenherzigkeit der
Mittheilung dem Manne zukommt, — wie ja überhaupt das
Geben unsererseits eine viel geringere Wichtigkeit hat, als seitens
Ihres feiner organisirten Geschlechtes. Wenn unser Vertrauen
bei Ihnen eine Stätte findet, ehrt es — uns. Und wenn Sie
uns das Ihre schenken, beglückt und ehrt es auch wieder uns.
Aber gerade deßhalb ist es uns doppelt werth, es zu erlangen.

Blüht mir noch immer keine Hoffnung, Sie einmal wieder zu
finden, verehrteste Freundin! Sollen denn die wenigen Stunden,
während welcher ich Sie gesehen, gar keine Nachfolgerinnen haben?
Offenbarungen waren stets von kurzer Dauer, — ich weiß es.
Vielleicht ist dies der Grund der vielen Mißverständnisse, zu
welchen sie Veranlassung boten. Trotz der warmen, anregenden
Briefe, mit welchen Sie mich beschenken, wird es mir zuweilen
fast ängstlich zu Muthe, wenn ich die Feder ergreife, um Ihnen
zu schreiben. Ich laufe Gefahr, Ihre Erscheinung sich verflüch-
tigen zu sehen, in einem allgemeinen Bilde idealer Schöne, für
welches Alles, was ich zu Ihnen spreche, mir zu dürftig, zu
gering scheint. Ich fürchte keineswegs, Sie in höherem Lichte zu
schauen, als jenes, welches Sie in Wirklichkeit umgibt, — aber
ein klareres würde mir erlauben, mich Ihnen in aller Ehrfurcht
persönlicher zu nähern.

Sehen Sie in diesen Worten keine Prätension, keine Undankbarkeit. Sie erlauben mir, mich über Dinge, die mir vielfach am
Herzen und im Sinne liegen, vor Allem über jene, die mit meiner
Kunst zusammenhängen, so auszusprechen, wie es mir nicht leicht
zu Theil geworden. Denn in Gesprächen gehört man sich ja

9*

doch kaum an, — allzu oft wird man sogar durch die Widersprüche Anderer zu Aeußerungen fortgerissen, die man im Grunde gar nicht mehr verfechten mag. Ihnen danke ich das Glück, mich mir selbst klarer zu machen und zu gleicher Zeit mit vollster Herzenswärme Ihrer, Ihrer Güte und Nachsicht, Ihres Verständnisses und Ihrer Sympathie gedenken zu dürfen. Das Sprechen in die Ferne verhält sich aber zum Genusse der Gegenwart, wie das Lesen einer Partitur zum frischen, voll tönenden Erklingen einer Tondichtung.

Ich will diesen Brief nicht länger ausspinnen, verehrteste Freundin. Die Zeit wird ja kommen, ich zähle darauf, wo ich Sie wieder sehen und sprechen darf. Einstweilen werde ich, wie bisher, meiner Feder freien Lauf lassen, in der Hoffnung, daß auch Sie weiterhin ihre Kreuz= und Quergänge mit freundlichem Auge Sich anschauen und mit sinnigem Zuruf zuweilen auf Wege leiten werden, die Ihnen genehm. Und wenn es Ihnen zu viel wird, zu pedantisch, zu alt, — wenn auch nicht zu klug, — wenn Momente kommen, wo Sie es bereuen, Sich diese brieflichen Unbequemlichkeiten auferlegt zu haben, dann singen Sie mein Lied von der Reue, — und bleiben mir gewogen.

Was halten Sie, verehrteste Freundin, von den Ordensverleihungen ans schöne Geschlecht? Sie sind zwar wenig verbreitet bis jetzt, so viel ich weiß, — die fortschrittlichen Bestrebungen der Frauen werden sie aber bald zur Nothwendigkeit machen. Kleidsam sind sie, — das ist immerhin schon sehr viel, — sollten sie zu erfolgreichen Kraftanstrengungen führen?

## XXXIV.

Einzelne Fälle ausgenommen, halte auch ich, verehrteste Freundin, das Verhältniß des großen Publicums zu den plastischen Künsten in unserer Zeit für ein mehr oder weniger äußerliches. Von der Sculptur und Architektur ganz abgesehen, haben diejenigen Leute am meisten Freude an Bildern, die welche besitzen und ihren Besitz hoch zu halten geneigt sind. Die Gemälde, welche in Ausstellungen, Kunstvereinen und dergleichen die Massen anziehen, sind einestheils zuweilen gar nicht von echtem Werthe, anderntheils ist auch bei den besten derselben der Eindruck nur selten ein tieferer. Der mehr oder weniger pikante Gegenstand, die treffende Nachahmung der Dinge, wie sie dem ungeübten Auge erscheinen, der Glanz der Farben thun das Beste dabei,' — Geist und Erfindung bleiben vielfach unberührt. Wie sollte es anders sein? Die Sprache der Plastik ist uns nicht anerzogen, wie es bei den Griechen, bei den Italienern der Fall gewesen in den Zeiten ihrer künstlerischen Blüthe. Und wenn in späteren Jahren der Eine oder Andere sich etwas davon aneignet, — was will das sagen? Man muß mit Werken der Kunst und des Geistes leben, wie mit Menschen, wenn man sie verstehen, lieben oder auch verachten soll. Ich habe die Erfahrung an mir gemacht, der ich mir doch schmeicheln darf, zu dem Mittelgute zu gehören, aus welchem die gebildete Gesellschaft zusammengesetzt ist. Während meiner Knabenjahre hatte ich in dem damaligen frankfurter Museum und in Weimar kaum Gelegenheit, zu einer Ahnung von der Herrlichkeit der plastischen Künste zu gelangen. Erst in

Paris, wohin ich als siebzehnjähriger Jüngling wanderte, gingen mir die Augen auf. Sehr wohl erinnere ich mich meines ersten Besuches der Gemäldegalerie im Louvre, — ich war so überwältigt von dem, was ich sah, daß ich es kaum ertragen konnte und schon nach einer Stunde wieder nach Hause rannte, um dieses Getöne von herrlichsten Gestalten und Farben ausklingen zu lassen. Oft, sehr oft zog es mich wieder hin, — zuweilen begleiteten mich befreundete Maler. Von diesen jedoch, so freundlich sie es sich angelegen sein ließen, meinen Blick für das Gute und Beste zu schärfen, gewann ich damals nicht so viel, als ich hoffen durfte. Wie es nicht anders sein kann, wie es uns in unserer Kunst ebenfalls geht, — die Mache spielt eine Hauptrolle in den Betrachtungen der Künstler. Der Gedanke, die Erfindung, die Empfindung, — dies sind ja Voraussetzungen bei bedeutenden Werken; für denjenigen, der selbst zu schaffen das Zeug hat, liegt das größere Interesse in der Betrachtung, wie es die Meister angefangen, um ihre inneren Gesichte zur Erscheinung zu bringen. Der Laie muß es aber vorziehen, das, was ihn anzieht, ihn rührt, bewegt, begeistert, in seiner Totalität zu genießen. Doch wurde mir Manches klarer, und vielleicht etwas besser vorbereitet, als die Mehrzahl derjenigen, die über die Alpen ziehen, kam ich nach Italien. Hier ging mir die Herrlichkeit der Künste auf, der Malerei vor allen. Wie man in den italienischen Orangengärten die starken, dichtbelaubten Bäume erblickt, an welchen zu gleicher Zeit Knospen und Blüthen prangen und ihren wunderbaren Duft verbreiten, so findet man, überall ausgebreitet, die werdenden, wachsenden, reifenden und reifsten Früchte eines Wunderbaumes, dessen Aeste und Zweige das ganze herrliche Land beschatten. Alle die großen, hehren Meister, sie werden uns befreundet, — ihre Kinder scheinen auch uns kennen zu lernen, und wenn wir ihnen begegnen, uns vor ihnen verneigen, so bringen sie uns die Grüße der Väter. Es ist wonnevoll, unter solchen Geschöpfen zu leben, — mit ihnen zu verkehren, — allem zu lauschen, was sie sagen, — sie zu befragen und sich durch ihre Entgegnungen belehren zu lassen. Ich schmeichle mir nicht, irgendwie Kenner geworden zu sein, — wozu auch? Das sternenfunkelnde Firmament erhebt und rührt und begeistert uns, auch wenn wir unkundig sind der Gesetze, die dort walten.

Das ist nun schon lange her, verehrte Freundin, und es erscheint mir wie ein schöner Traum, aber doch wie ein solcher, dessen man sich mit Klarheit erinnert. Die dresdner Galerie, welche ich während einiger Jahre viel besuchte, der vertraute, unvergeßliche Umgang mit trefflichen Meistern der düsseldorfer Schule, während ich in ihrer Mitte lebte, spannen jenen Traum noch eine Weile, wie im Halbwachen, weiter fort. Aber jetzt ist mir, im Verhältniß zu jener Zeit, zu Muthe, wie Jemandem, der einst, als er im Lande lebte, eine Sprache ziemlich geläufig gesprochen, die ihm nun nach und nach abhanden kommt, — aus deren Literatur ihm manches Schöne im Gedächtniß geblieben, — in welcher er aber nicht mehr zu Hause ist. Ich sehe des Bedeutenden zu wenig, des Ungenügenden zu viel, — bin auch zu ausschließlich an die Arbeiten und Geschäfte meiner Kunst gekettet. Wenn ich aber, mit einer Kunst beschäftigt, die immerhin einige Verwandtschaft mit jenen der Gestalt und Farbe hat, doch mich innerhalb der Erzeugnisse der letzteren etwas fremd fühle, wie sollte der Mehrzahl der Menschen, die so gänzlich anderen Interessen huldigt, ein tieferes Eingehen möglich werden? Den Meisten ist es eine Sache der Zerstreuung, der Neugierde, der Mode, — in der Minderzahl begegnen sich diejenigen, welchen es eine Sache des Schmuckes, des Luxus, der Eitelkeit ist, mit der kleinen Schar, die, geübten Auges, wenigstens verständnißvolle Auffassung, theilnehmende Betrachtung den Werken der Plastik entgegen bringt. Viel Geld wird dafür ausgegeben, — zum größeren Theil ist es verlorenes, — immerhin wird es jedoch — wir wollen es wenigstens hoffen — nach Höherem strebenden Menschen zu Theil.

⸻ ❊ ⸻

## XXXV.

Ich meine, verehrteste Freundin, daß der hohe Werth, den die Menschheit von jeher auf den Nachruhm gelegt, — auf das Fortleben im Gedächtniß künftiger Geschlechter, — das Schönste daran ist, denn dieser adelt die Menschheit, weil er Kunde gibt von der Verehrung, mit welcher sie sich selbst betrachtet. Und sie soll sich ehren, sie hat allen Grund dazu, trotz allem Elenden und Erbärmlichen, womit sie behaftet ist. Ist's doch nur einer unscheinbar kleinen Zahl von Sterblichen vergönnt, sich mit solcher Bestimmtheit sagen zu dürfen, was man die Unsterblichkeit nennt, sei ihren Thaten oder Werken so gesichert, daß es zu innerem Frieden während der Kämpfe dieses Lebens beitragen könnte. Bei der größten Anzahl derjenigen, die noch so Bedeutendes geleistet, würde es von unverständiger Selbstüberhebung zeugen. Denn das Meiste wird ja alsobald wieder zum Ueberwundenen, — knüpft sich an Vergangenes und bereitet Künftiges vor, welches eben so schnell wieder zu Vergangenem wird. Kaum gibt es also wohl eine idealere Träumerei, als diejenige, die sich an die Hoffnung knüpft, unsere Werke, unser Name würden fortleben, und Götter mögen darüber lächeln. Aber die Menschen ehrt es, daß sie es als etwas Großes, Erhabenes betrachten, wenn sich mit dem Aussprechen einiger Laute in zukünftigen Zeiten eine achtunggebietende Erinnerung an eine Persönlichkeit, an Eine unter Millionen, deren Namen nie mehr genannt werden, mit Bestimmtheit knüpft.

Ob jene exceptionellen Männer, deren Thun und Wirken auf das Schicksal von Nationen einen weithin reichenden Einfluß ausübt, — die sich mit voller Ueberzeugung sagen konnten, sie seien in erhabener Schrift eingezeichnet in die Bücher der Geschichte, — ob jene Männer diese Sicherheit der Unsterblichkeit beglückt? — ob auch die Selbstlosen unter ihnen, und sie sind selten, nicht oft genug Zweifel beschlichen, ob das Urtheil jener Nachwelt auch dasjenige sein werde, das sie anstrebten? Ob sie ihre Namen nicht allein der Bewunderung, auch der Liebe, auch der Verehrung versichert, dachten? Wahrhaft wohlthuend könnte doch nur das Letztere sein. Es ist vor Allem das Vorrecht der Dichter, freilich nur der allergrößten. Wenn ein Goethe in seinen alten Tagen in jenen Bänden blätterte, die er mit seinem Herzblut geschrieben, mußte wohl eine Schauer von Seligkeit ihn durchziehen in dem Gefühle, daß diese Schöpfungen, die

seines Iches Ich enthalten, Tausenden und Tausenden Trost und
Wonne, Belehrung und Erhebung spenden würden, so lange gebildete Menschen auf diesem Planeten leben werden. Hat doch
ein Horaz es mit dem ihm eigenen Selbstbehagen ausgesprochen,
welch eine mehr als eherne Ewigkeit er seinen Versen verliehen.
Und Dante gesellt sich in der Vorhölle in ruhiger Würde seinen
großen Vorgängern, — ein Gleicher unter Gleichen.

Es wird erzählt, daß Napoleon einst, vor einem berühmten
Bilde von Rafael in Betrachtung stehend, sich an seinen kunst-
gelehrten Begleiter mit der Frage gewendet: wie lange ein solches
Werk wohl dauern könne? Und auf die Antwort des letztern:
doch sicherlich fünf- bis sechshundert Jahre, ausgerufen habe:
„Und das nennt Ihr Unsterblichkeit?" Nur in der realen Dauer
des Werkes sah er das Fortleben des Künstlers in der Nachwelt,
— und er hatte wohl Recht, wenn er dieses gering anschlug gegen
die Dauer der Kunde von seinen Thaten, wie sie fortklingen
wird im Munde künftiger Geschlechter. Schwerlich kam es ihm in
den Sinn, daß er wohl auch neidisch sein könnte auf einen in
reiner Schönheit verklärten Namen, an welchen sich kein schmerz-
licher Gedanke knüpft, — er wäre nicht Napoleon gewesen. Und
doch gehört die bedeutungsvolle Unsterblichkeit solcher Künstler-
namen zu den freundlichsten Erbtheilen der Völker, — ja, sie gehören zum Sprachschatze der gebildeten Menschheit, die sich durch
sie bereichert, — denn wenn man sie ausspricht, erfüllt sich die
Phantasie mit Ahnungen von Schönheit und Wohlklang, mit
Empfindungen voller Sehnsucht und Liebe.

Sie nähren den schönen Glauben, verehrteste Freundin, daß die

Hoffnung auf Unsterblichkeit begeisternd wirken müsse auf den Dichter, auf den Künstler, — ich beklage es, diesen schönen Glauben nicht theilen zu können. Wer etwas zu sagen hat und zu sagen weiß, der wird es aussprechen, — aus keinem andern Grunde, als weil es ihm ein Bedürfniß. Er wird damit fortfahren, entweder weil er Theilnahme findet oder weil er welche zu erlangen hofft, — auch die materiellen Forderungen des Lebens werden sich dabei geltend machen. An hohen Zielen angelangt, mag die Aussicht, daß nicht der ganze Inhalt seiner Thätigkeit mit seinem Leben ein Ende nehme, ihn wie ein erfrischender Luftzug in sommerlicher Schwüle berühren, — aber, — der Gedanke an die Nachwelt wird eben so wenig einen Gedanken erzeugen, als der an die Mitwelt, — und der erstern gefallen zu wollen, dürfte noch bedenklicher sein, als der letztern zu Liebe schaffen. Und was ist diese Nachwelt, wenn man sie nicht nach Jahrhunderten bemißt, — ist sie nicht auch wieder aus denselben Elementen zusammengesetzt, wie die Welt in der wir leben? Und hat sie nicht eben so oft das Beste früherer Zeit verkannt als anerkannt? Nur zwei Dinge sind es, aus welchen die dichterischen Thaten hervorgehen: die Unabweisbarkeit des schöpferischen Triebes und die Sympathieen, die seine Mittheilungen finden. Und daß die emporbringende Macht des schaffenden Genies kräftig genug ist, um sich über den Mangel an Anklang hinauszusetzen, haben wir zu seiner Ehre oft genug erfahren.

Das Wort, das Schiller den Mimen gleichsam zum Troste zugerufen, daß, wer den Besten seiner Zeit gelebt, für alle Zeiten gelebt habe, würde für jedes höhere menschliche Thun der maßgebendste Wahrspruch sein, wenn man mit etwas mehr Sicherheit und Genauigkeit wissen könnte, wer 'eigentlich die Besten einer Zeit gewesen sind, — oder wenn diese einerlei Meinung wären. Auch diese Berufung wird also wenig fruchten, und es wird über Mit- und Nachwelt, über die Besten und über die Massen hinaus kaum eine andere geben, als die an unser Gewissen. Wer mit Florestan singen kann: „Meine Pflicht hab' ich gethan", wird ruhig einschlafen können. Wenn jedoch diese Pflichterfüllung zu nichts Gutem und Erfreulichem geführt hat, wie es doch oft genug vorkommt, was dann?

Beneidenswerth sind Sie, verehrte Frau, — beneidenswerth ist Ihr Geschlecht. Die Aufgaben, die demselben nicht allein die Natur, nein, die höchste Cultur stellt, sind ihm nicht nur erreichbar, es kann sich auch ihrer Lösung jeden Augenblick erfreuen. Sie fassen sich in das Eine Wort zusammen: Beglücken! Und was gäbe es Beglückenderes unter der Sonne?

---

## XXXVI.

Wahrlich, verehrteste Frau, — daß Sie Sich als eine so energische Anhängerin des absoluten Werthes reiner Pflichterfül= lung offenbaren würden, hatte ich kaum gedacht, trotzdem es nichts Gutes und Schönes gibt, was ich Ihnen nicht zutraute. Also das müßte dem Höchsten wie dem Geringsten genügen?! Ich könnte es Ihnen zugeben, weil es zu diesem Genügen doch nicht kommt;

denn wer darf sich sagen, daß er immer und überall seine Pflicht gethan? Aber auch im besten Falle kann ich's Ihnen doch nur zugestehen, so lange es sich um die Ruhe des Gewissens handelt, — nicht um das Glück der Seele.

Was mich immer und immer wieder traurig berührt, ist die Seltenheit einer Vereinigung von natürlichen Gaben, ohne welche ein Mensch, — wie soll ich sagen? — nicht reif wird. Ich gedenke hier nicht der Ansprüche, die unberufener Ehrgeiz an sich selbst macht, — nur der Erfordernisse, ohne welche es auch der bescheidensten Anspruchslosigkeit nicht möglich wird, sich genug zu thun. Selbstverständlich habe ich hiebei vor Allem meine Erfahrungen als Künstler, als Lehrer vor Augen. Während die Natur die größte Anzahl der Menschenkinder so ausstattet, daß sie ihr physisches Leben genügend vollbringen können, ist sie launisch, fast boshaft in der Art, wie sie die Gaben des Geistes, die Anlagen zu Kunst und Geschicklichkeit vertheilt. Wenn wir einem hübschen Gesichtchen begegnen, in welchem sich alles Wünschenswerthe findet, nur keine schöne Nase, — oder einer schlanken Gestalt, die aber allzu schweren Trittes einherwandelt, so rufen wir wohl aus: wie Schade! — aber diese Mängel sind kein Mangel. Anders ist es, wenn ein junger Geiger, zur Musik geboren und erzogen, mit feinem Gehör und warmer Empfindung, einen unkräftigen Arm hat, — oder eine begabte junge Sängerin an jener unbesiegbaren Scheu leidet, sich dem, was sie fühlt, in Gegenwart Anderer hinzugeben, — oder ein Componist, dem es an Erfindung nicht fehlt, des Gedächtnisses entbehrt, das es ihm möglich machen würde, seine spontanen Gedanken festzuhalten.

Wenden Sie mir nicht ein, verehrte Freundin, ein starker, dem Pflichtgefühl entspringender Wille könne dergleichen Schwächen besiegen. Der starke Wille ist eine sehr seltene Begabung — und kann, wo er sich findet, nur sehr Geringes leisten, wenn die Natur ihn im Stich läßt. Ist es nicht traurig, daß solche Lücken der Organisation, tüchtige Menschen (denn nur solche nehmen sie sich zu Herzen) nicht zu einem gesunden Behagen an ihrer Lebens= aufgabe gelangen lassen? Da hilft kein noch so festes Pflicht= gefühl, — da helfen nur die Jahre, denn sie bringen die Ge= wohnheit der Entsagung.

Und man spricht von Gleichheit! Nicht dem Gesetz und nicht der Willkür, nicht dem Glück und nicht dem Unglück, nicht der Liebe und nicht dem Haß standen je zwei Menschen g l e i c h gegenüber, — denn für Jeden ist Jedes ein Anderes. So wird auch für Sie, verehrte Freundin, das strenge Gebot der Pflicht= erfüllung ein anderes sein, als für Unsereinen, — nur das eben= mäßige Waltenlassen Ihrer Vernunft und Ihres Herzens, die sich gegenseitig unterstützen. Oder sollte ich mich irren? Sollte eine Natur wie die Ihrige schon dem Kampfe begegnet sein? Jenem eigentlichen Kampfe, nicht um's Dasein, sondern im Da= sein? Kaum kann ich mir's vorstellen. Aber der Dichter hat wohl Recht, wenn er sein Herz dem Meere vergleicht, seiner Tiefe und seinen Stürmen, — nur darf er das Gleichniß nicht für sich allein in Anspruch nehmen. Jedes Menschenherz ist solch ein Dichterherz, — nur der Mund, der davon zu erzählen weiß, gehört dem Dichter.

## XXXVII.

Wie einzelne Melodieen durch die Nationen und durch die Jahrhunderte ziehen, das gehört zum Phantastischsten, was die Culturgeschichte der Menschheit aufzuweisen hat, — und ist noch ein ganz anderes Ding, als das Schicksal irgend einer Pyramide oder eines Tempels, die freilich von Millionen angeschaut worden, aber der großen, ungeheuren Mehrzahl nicht viel gesagt haben. Eine Melodie hingegen, — wie viel Freude und Leid hat sie nicht beherbergt, — wie vielen Menschen wurde sie nicht zum Ausdruck ihrer Erregungen! Ein Stück Weltgeschichte läßt sich an solch ein Lied anknüpfen, und da brauchen wir uns gar nicht weit umzusehen. Welch eine Rolle hat die Marseillaise bei unseren revolutionären Nachbarn gespielt! Napoleon kannte die Macht derselben, und als auf dem Uebergang über den St. Bernhard seinen Leuten die Kraft ausgehen wollte, ließ er sie ihnen aufspielen. Aber nicht an allbekannte, jetzt herrschende Volks- und Nationalgesänge dachte ich, als ich, verehrte Freundin, diese Zeilen begann. Nein, an jene uralten Töne, deren Ursprung nicht aufzuweisen, deren Leben aber schon so lange dauert, daß man glauben darf, es werde währen bis zum Ende aller Zeiten. Sicher haben die Israeliten den alten Aegyptiern Melodieen entlehnt, wie so manche Formen ihrer religiösen Geheimlehre, in welcher ja Moses erzogen worden. Und sie sangen sie in der Wüste und im gelobten Lande und im Tempel Salomonis. Und die jüdischen Christengemeinden pflanzten sie fort in die Kirche, in die Kirchen. — Der Gregorianische Gesang, der protestantische Choral entstanden, — unter wie vielen Himmelsstrichen, in wie vielen Mundarten, von wie vielen Lippen sind sie erklungen! Wenn eine solche Melodie etwas anderes mittheilen könnte, als sich selbst, was hätte sie alles zu erzählen!

Verzeihen Sie, verehrte Freundin, dieses Vagabondiren meiner Feder; es soll auch gar nicht als Antwort gelten auf Ihre Zeilen, „unsterbliche Gesänge" betreffend. Ihr alter Meister hatte vollkommen Recht, — es ist die Ueberzeugung aller derjenigen Männer, die in diesen Dingen als Autoritäten gelten müssen, daß ein nicht geringer Theil der alten liturgischen Gesänge der römischen Kirche griechisch-römischen Ursprungs ist. — Daß manche derselben, durch festere rhythmische Gliederung zu Chorälen gestempelt, in den evangelischen Kirchen erklingen, ist allgemein bekannt. Das wäre denn doch auch schon ein hübsches Alter! Aber die Unsterblichkeit dieser Gesänge kann doch nicht verglichen werden mit der der Werke hebräischer, indischer, griechischer Dichter. Nicht, weil man die Namen ihrer Verfasser nicht kennt, — wird bei dem ersten aller Dichternamen, bei dem des Homer, nicht allein der Name, nein, auch die Persönlichkeit angezweifelt, — sondern weil sie zu wenig das Gepräge tragen einer Individualität, — weil vor ihrer einfachen Großartigkeit der Gedanke an einen Einzelnen als Schöpfer verschwindet. In noch höherem Grade als das Volkslied (ich meine das echte Volkslied, — nicht die populär gewordene Opernmelodie), scheinen sie eine jener wunderbaren Schöpfungen, an welchen die Menschheit, oder doch ganze Völker sich betheiligen. Wie ist es mit der Sprache, dem edelsten, unbegreiflichsten Gut der Menschheit? Wie bildet, wie verändert sie sich? Sie ist die unbewußte Schöpfung der sich folgenden Geschlechter.

Eine eigene Bewandtniß hat es mit den Componisten gewisser Lieder, die allem Anschein nach unendlich lange leben werden. So hat man, unter Anderen, den des englischen Nationalgesanges, (dessen Anfangsworte für die Lebzeiten der Königin Victoria heißen: „God save the Queen"), trotz angestrengter, gewissenhafter Versuche nicht zu ergründen vermocht. Durch längere Zeit schrieb man die Melodie fälschlich Händel zu, — in den Memoiren einer französischen Marquise, deren Namen mir nicht beifällt, heißt es, Händel habe das Lied in St. Cyr von den Fräulein der Frau von Maintenon gehört, gestohlen und nach England verpflanzt. Es gibt gute Deutsche, die darauf schwören, es sei preußischen, oder königlich sächsischen, oder königlich hannoverischen Ursprungs, denn in allen diesen Königreichen wurde es zum Nationalgesang erhoben, — es ist aber eine Trophäe, die wir 1815 unserem besten Bundesgenossen zu gleicher Zeit abgenommen und gelassen haben (wie es eben bei geistigem Eigenthum, und nur bei diesem, möglich ist). Der Autor der Marseillaise, Rouget de Lisle, hat wiederum nur dies eine Lied zu Stande gebracht, welches, trotz einer sehr schwachen Stelle, musicalischen Werth hat. Als er zu den Zeiten Louis Philippe's aus der Verbannung wieder nach Paris zurückgekehrt, veröffentlichte man ein halbes Hundert Gesänge von ihm, — spurlos verschwanden sie wieder. Luther, den wir Musiker als einen Schutzpatron zu verehren haben, denn er liebte die Musik mit seinem ganzen Herzen und hat Herrliches und Sinniges darüber ausgesprochen, Luther also soll der Componist seines Liedes: „Ein' feste Burg" sein; — so kräftig und packend die Melodie ist, sie ehrt den Verfasser weniger, als sein

Name ihr zu Statten kommt. Ein einfach schönes, herzinniges Lied, das „Gott erhalte Franz den Kaiser" des Vaters Haydn, könnte möglicher Weise die habsburgische Dynastie überdauern, — aber deßhalb doch deren Alter nicht erreichen. Haydn bedarf jedoch nicht der Berühmtheit dieses seines einzigen „politischen" Liedes.

Wie schnell populäre Gesänge auch wieder verklingen, verehrte Freundin, das haben wir oft genug erfahren, — wenn wir nicht mehr jung sind. Wohin ist die Parisienne, die man nach den Julitagen längere Zeit in Paris zu erdulden hatte? Am schnellsten geht es damit, wenn das Gedicht ein Gelegenheitsgedicht, — auch die bessere Melodie verschwindet mit diesem. Sie taucht auch dann wohl später wieder einmal auf, — zuweilen in veränderter Gestalt. So hat sich unser geliebter C. M. von Weber das „Marlborough s'en va en guerre" angeeignet, welches einst Goethe verfolgte. Spielen Sie Sich den Jägerchor aus dem „Freischütz", im dritten Theil desselben werden Sie es, rhythmisch leicht verändert, wieder finden.

Mit diesen Zeilen erhalten Sie, verehrteste Frau, einen kleinen Band altfranzösischer Chansons: „Echos du temps passé". Weckerlin, ein tüchtiger Musiker, ein Schüler Halevy's, hat das Verdienst, sie herausgegeben zu haben. Ich hoffe, sie werden Ihnen Freude machen, — es sind allerliebste Stücklein darunter. Wie schwer, ja, wie unmöglich es ist, auch nur die allerallgemeinsten Eigenschaften musicalischer Erzeugnisse durch die Sprache zu bezeichnen, ist mir dabei wieder recht klar geworden. Jeder, der ein wenig kosmopolitische musicalische Bildung hat, wird nach

dem flüchtigſten Anſchauen dieſer Geſänge ſagen, ſie ſeien echt
franzöſiſch, — können nur aus Frankreich ſtammen, vielleicht auch
nur von Franzoſen ſo vorgetragen werden, wie ſie es ſein müſſen.
Warum? Naiv erſcheinen uns alle alten Lieder, wenn ſie gut
genug ſind, um uns überhaupt noch zu gefallen. Auf jeden Ton
eine Sylbe ausſprechen zu laſſen, iſt auch uns Deutſchen von
jeher natürlich geweſen (der melismatiſche Geſang iſt, Sie wiſſen
es, mehr der der Südländer). Die meiſten bewegen ſich in ge=
raden Tactarten, — nehmen einen ſehr kleinen Stimmumfang in
Anſpruch, — alles Allgemeinheiten! Etwas ſchärfer bezeichnend
würde es vielleicht ſein, zu ſagen, daß alle Stimmungen gedämpft
ſich kund geben. Der Schmerz geht nicht tief, und hat einen
leicht ironiſchen Beigeſchmack, — die Freude wird nicht ausge=
laſſen, — faſt iſt ſie zurückgehalten, wie bei Leuten, die möglichſt
de bon ton bleiben wollen. Ferner ſind Text und Melodie ſo in
einander verwachſen, daß man letztere, wenigſtens nicht ſo leicht
und nicht ſo oft, als ein vollkommen Selbſtſtändiges ablöſen könnte,
wie es wohl bei den Geſängen anderer Nationen vorkommt, —
hie und da erſcheinen rhythmiſche Ungebührlichkeiten, die nur
durch die Worte verſtändlich bleiben. Auch finden ſich häufig
kleinſte Abſchnitte wiederholt, ohne daß man ſagen dürfte, die
Melodieen entbehrten der nothwendigen Breite. Ich bin begierig,
zu erfahren, ob Sie dieſe muſicaliſchen Paßbezeichnungen treffend
finden, und vor Allem, ob Ihnen die anmuthigen Dinger ſo
munden, wie mir.

Auch einige Tanzlieder ſind darunter, — wie Schade, daß
dieſe allerliebſte Aſſociation ſich ſo gänzlich verloren hat! In

polnischen Kreisen, in welche ich in Paris durch Chopin eingeführt
war, fand ich die reizende Sitte noch vor, wenn sie auch nur
ausnahmsweise zu ihrem Rechte kam. So erinnere ich mich eines
Rundtanzes, bei welchem jeder Cavalier, so gut oder so schlecht
er's konnte, zwei Verse über die Melodie, welche auf dem Piano
gespielt wurde, improvisiren mußte, — dann tanzte er vor, — man
machte eine Tour und stellte sich so auf, daß der Reihe nach, an
Jeden die Reihe kam, sein poetisches Talent leuchten zu lassen.
Leider verstand ich nicht, was die Cavaliere, theilweise mehr
recitirten als sangen, — aber alle machten ihre Sache mit
Leichtigkeit, und oft erscholl unermeßliches Gelächter. Diese Balladen,
Rondos und wie sie alle hießen, in welchen Gesang und Tanz sich
zierlich vereinigten und ergänzten, waren sicherlich viel anmuthiger,
als unsere bacchantisch wilden Rundtänze oder schablonenhaften
Quadrillen. Auch bei den Octoberfesten in Rom sah ich Mädchen
aus den geringeren Ständen ohne die Beihülfe von Instrumenten
und — von Männern tanzen, während sie sich die Melodieen
dazu sangen, — und das mag ja wohl auch anderswo vorkommen.
Aber dergleichen erhält doch erst höheres Leben, wenn es in den
gebildeten Classen geübt wird und der Beschäftigung der Füße
auch einen geistigen Schwung verleiht. Ich muß versuchen, ob
sich nicht bei einem hübschen Familienfeste, einem Polterabend
oder dergleichen, ein solcher Reigen mit Liedern einrichten ließe.
Theilung der Arbeit, wie unsere Zeit sie verlangt, wäre dazu
wohl unabweislich, — Dichter und Componist, Singende, Spie-
lende und Tanzende müßten gemeinschaftlich wirken. Meinen Sie
nicht, Verehrteste, das könnte sehr artig werden?

Von einer dieser Chansons erzählt der Herausgeber, der erste Theil (er besteht nur aus der Wiederholung weniger Tacte) gleiche einem unter dem Namen Krabvatja bekannten arabischen Liede, sei aber schon um das Jahr 1600 in Frankreich populär gewesen. Wer weiß? Vielleicht brachte sie ein in den Raubstaaten gefangen gewesener Franke nach seiner Befreiung in sein Vaterland. Die Menschen sind ja Zugvögel, — sie haben jedoch vor ihren gefiederten Freunden den Vorzug, nicht nur die alten Lieder von ihren Wanderungen zurück zu bringen.

---

## XXXVIII.

Ja, verehrteste Freundin, ich glaube wohl sagen zu dürfen, daß Chopin mich liebte, — aber ich war in ihn verliebt. Ich wüßte wenigstens kaum, wie ich die Neigung, die er mir eingeflößt, anders bezeichnen könnte. Seine Gegenwart beglückte mich, — nie wurde ich's müde, ihn sprechen zu hören; hatte ich ihn länger, als es sein mußte, nicht gesehen, so fühlte ich wahrhafte Sehnsucht nach ihm; ich verließ in aller Frühe meine Wohnung, um ihn zu finden, ehe er seine Unterrichtsstunden begann. Etwas Zärtlichkeit mischte sich wohl in die Zuneigung Aller, die ihm nahe standen, — schon sein allzu zarter Körperbau forderte auf, behutsam mit ihm umzugehen. Diese blassen Züge, diese mehr als schlanken Glieder erregten eine Empfindung, wie sie ein enthusiastischer Sammler etwa seinen venetianischen Gläsern oder

seinem altsächsischen Porcellan gegenüber im Busen tragen mag.
Dabei war er schlangengleich biegsam und anmuthig in seinen
Bewegungen. Sein Organ hatte einen zarten, einschmeichelnden
Klang, er muß das Polnische mit geistreicher Gewandtheit beherrscht
haben. Französisch und deutsch aber, in welchen Sprachen wir
abwechselnd mit einander verkehrten, verstand er zwar bis in ihre
feinsten Schattirungen, sprach sie aber nicht fließend, — die Aus=
drücke für seine scharfen Beobachtungen und Aperçus öfters
suchend als findend. Wenn ich dann, ihn errathend, lächelte,
pflegte er auszurufen: „Du verstehst, was ich sagen will! Cela
suffit." Und so gab dieser Mangel an Sprachfertigkeit seinem
Geplauder einen Reiz, dessen die beredteste Zunge oft ermangelt.
Im Allgemeinen erschien er heiter, — ja, er konnte ausgelassen
sein, — indeß war der Grundzug seines Empfindens schwerlich
ein fröhlicher. Denn er fühlte sich nicht gesund, und der durch
die unglückliche polnische Erhebung gebotene Aufenthalt in der
Fremde lastete schwer auf ihm, trotz allem, was Paris bietet und
was es vollends ihm bot. Ohne Gesellschaft zu sein, liebte er nicht,
und es kam auch wohl sehr selten dazu. Morgens mochte er eine
Stunde einsam an seinem Flügel zubringen, — aber sogar, wenn er
übte, — oder wie soll ich's nennen? — wenn er die Abende
Clavier spielend zu Hause blieb, mußte er mindestens einen seiner
Freunde in der Nähe haben. Die Tage verlebte er Unterricht
gebend, was, wunderbarer Weise, einen großen Reiz für ihn hatte.
Freilich waren seine Schüler größtentheils Schülerinnen und ge=
hörten fast ausschließlich den höchsten Kreisen der französischen
und polnischen Aristokratie an. In diesen Regionen, in welchen

er seit seiner frühesten Knabenzeit verkehrte, fühlte er sich aber durchaus heimisch — vor allen in jenen seiner Landsleute, deren eine große Anzahl, und zwar der Vornehmsten und der Besten damals in Paris eine Zuflucht gefunden hatte. Dazu kam, daß man ihn nicht allein bewundernd verehrte, sondern auch auf das gründlichste verzärtelte.

Von Vornehmthuerei war jedoch keine Spur bei ihm zu finden, — sein einfach freundliches, oft scherzendes und lachendes Benehmen blieb sich den Geringsten gegenüber gleich; wer ihn näher kannte, mochte aber herausfühlen, daß er sich nur Wenigen, und auch dann nur selten hingab. Seines Werthes sich bewußt, fehlte ihm doch die klare Erkenntniß nicht von den Gränzen, die seinem Genie gesetzt waren. Gern mochte er sich als lyrischer Dichter betrachtet wissen, „so etwa wie Euer Uhland,“ sagte er eines Tages zu mir. Wäre er in seinem Vaterlande geblieben, meinte er, so würde er vielleicht viel für polnische Gesangsmusik gethan haben. Aber in einer andern Sprache als in seinem geliebten Polnisch zu componiren, würde ihm unmöglich gewesen sein. Er ist, ohne Worte, für sein Volk ein Nationaldichter geworden, und es bedurfte keiner Uebersetzungen, um seine Ton-dichtungen überall zur Anerkennung zu bringen.

Ihnen, verehrteste Freundin, von diesen zu sprechen, hieße Ihnen Dinge sagen, die Sie besser wissen als ich, — wer Chopin spielt wie Sie, der versteht ihn. Aber über sein wunderbares Spiel, das mir bis zum letzten Athemzug vor der Seele bleiben wird, muß ich mich aussprechen. Ich sagte, daß er sich selten hingab, — am Flügel that er es vollständiger, als ich es je bei irgend einem andern Tonkünstler wieder gefunden. Er gab nur sich, — in solcher Abgeschlossenheit, daß jede Erinnerung an irgend etwas Gehörtes wegfiel. So hatte niemand die Tasten eines Flügels berührt, — in so zahllosen Modificationen niemand denselben Tönen zu entlocken gewußt. Rhythmische Bestimmtheit gesellte sich einer Freiheit im Vortrag seiner Melodieen, daß diese im Moment zu erstehen schienen. Was bei Anderen elegante Verzierung, erschien bei ihm wie der Farbenschmuck der Blumen, — was bei Anderen technische Fertigkeit, bei ihm wie der Flug der Schwalbe. Jede Betrachtung einzelner Vorzüge, der Neuheit, der Anmuth, der Vollendung, der Seele, fiel weg, — es war eben Chopin. Sogar den Mangel jener imponirenden Kraft des Klanges, wie sie Liszt, Thalberg und Anderen eigen, empfand man als einen Reiz, — der Energie des Gedankens gesellte sich in dem vergeblichen Kampfe mit der Materie ein Gefühl der Sehnsucht. Selbst das tiefste Verständniß seiner Compositionen, das innigste Sichversenken in dieselben gibt keine Vorstellung von jener Poesie des Vortrages, wie sie ihm eigen war. Jeder Gedanke an Körperlichkeit entschwand, — es war wie das Leuchten eines wunderbaren Meteors, das uns doppelt entzückt in seiner geheimnißvollen Unbegreiflichkeit.

—◄►—

## XXXIX.

Hoffentlich ist Tennyson's „Enoch Arden" noch nicht bis zu Ihnen gedrungen, verehrteste Freundin, und ich darf mir die Freude machen, Ihnen davon zu sprechen. Nicht leicht hat mich ein Stück neuerer Poesie so tief ergriffen, wie diese kleine Erzählung. Zwei Spielgefährten lieben von frühester Kindheit an dasselbe liebliche Mädchen. Herangewachsen, gibt sie dem energischeren, aber ärmeren ihre Hand. Der andere hört nicht auf, sie zu lieben. Das junge Paar verlebt Jahre ungetrübten Glückes, — dann aber wendet sich's. Der Gatte, — Fischer, Schiffer in einem winzigen Seehafen, — begibt sich in den Dienst eines Chinafahrers. Auf der Rückfahrt erleidet er Schiffbruch, lebt lange Jahre allein auf einer kleinen unbewohnten Insel. Unterdessen nimmt sich sein einstiger Nebenbuhler der Kinder an, die bald an ihm einen zweiten Vater lieben lernen. Der bange harrenden Witwe nähert er sich kaum. So gehen die Jahre hin, bis jede Hoffnung schwindet, den lange Vermißten je wiederzusehen. Alle drängen in Annie, dem Freunde die Hand zu reichen, — zögernd, ängstlich wartend, ahnungsbang willigt sie endlich ein. Da kehrt Enoch Arden nach seinem Heimatsneste zurück. Durch ein Fenster sieht er die Seinen, sieht ihr Glück, sieht ein neues Kind den früheren gesellt, — er leidet das Unsägliche, — aber er bezwingt sich. Unerkannt arbeitet er sich noch eine Weile durch's Leben, — auf seinem letzten Krankenlager erst offenbart er sich einer alten Bekannten, — gibt ihr die Locke eines früh verstorbenen Kindes, die er stets auf dem Herzen getragen, und seinen vollen Segen für die, welche den ganzen Inhalt seines Lebens gebildet. Keinen Leichenzug hatte sein Heimatsörtchen gesehen gleich dem seinen.

Ich konnte mir's nicht versagen, diese kleine Skizze des Inhalts im Gedanken an Sie, verehrte Freundin, niederzuschreiben; weß das Herz voll ist, läuft auch wohl einmal die Feder über. Von dem, was das Gedicht zu einem so ergreifenden Meisterwerk macht, geben diese Zeilen keine Ahnung. Es ist mit jener Homerisch-Goethe'schen Einfachheit geschrieben, die gänzlich vergessen läßt, daß es überhaupt geschrieben werden mußte. Kein Wort verräth die Persönlichkeit des Dichters, — keines könnte weggedacht werden, — keines hinzugefügt, — und ein jedes sagt, was es sagen soll. Die blödeste Phantasie muß sich nach wenigen Seiten zu Hause fühlen unter diesen ursprünglichen, eben so einfach als lebhaft empfindenden Menschen. Alles, was kommt, mußte so kommen, auch das Zufälligste. Nichts wird gelobt, getadelt, verurtheilt, beschönigt, — und auch dem Leser wird kein Urtheil irgend einer Art zugemuthet. Er lebt aber das Leben jedes Einzelnen, — empfindet sein Glück und seine Schmerzen, — sein Herzblut steigt und fällt, dem Quecksilber des Thermometers gleich, mit jeder Aeußerung, mit jeder That der Handelnden. Wenige Zeilen machen uns mit den Oertlichkeiten so vertraut, daß wir glauben, dort lange Zeit verlebt zu haben. Kaum ahnt man die Hand des Künstlers, der solch feiner Pinselstriche mächtig ist, — nur sein Herz fühlt man überall durch, — ein Herz voller Liebe für seine Gestalten, — voller Liebe für die ganze Menschheit. Und diese Liebe senkt er auch in unser Herz, und läßt es wärmer und lebhafter schlagen. Annie Lee und Philip Ray und Enoch Arden werden uns zu Freunden für's Leben, obschon sie seit hundert Jahren an der Meeresküste schlafen, an welcher sie gelebt, geliebt und gelitten.

So tief, so nachhaltig, so erschöpfend vermag nur die Dichtkunst zu wirken, die mit einem Worte ein Inneres enthüllt, mit einem Ausruf die bodenlose Tiefe menschlichen Empfindens bloßlegt. Dieses Wunder der Sprache und ihrer Zeichen, ich staune es stets wieder von Neuem an, vollends, wenn wieder ein neues Wunder daraus hervorgegangen. Wie! Ich überfliege schnellen Blickes ein paar Dutzend Papierstreifen mit allerlei kleinen Zeichen und lebe ein anderes Leben! Ich lächle, mein Auge füllt sich mit Thränen, ich hoffe, freue mich, trauere und fühle mein ganzes Wesen erhöht, beglückt! Und eine kurze Spanne Zeit ist ausreichend, um ein Stück Dasein zu genießen, wie es lange Tage nicht bringen. Ich wüßte nichts, was einen frommer machen könnte! Diese britischen Krämer, wie sie so oft und so fälschlich bezeichnet werden, sind doch ein großes Volk. Unerschöpflich sind sie im Hervorbringen großer Dichter und großer Staatsmänner, und diese beiden Gattungen von Größen sind doch wohl die höchsten, — sie umfassen schaffend und handelnd die Menschheit.

## XL.

So schnell wie irgend möglich werde ich Ihnen Wagner's Gedicht zu verschaffen suchen, verehrte Freundin. Ich sollte eigentlich gar nicht darüber sprechen, ehe Sie es gelesen, aber meine Meinung wird ja Ihre Eindrücke nicht beeinflussen. In der Willenskraft, mit der Wagner sich den Studien hingab, welche „der Ring des Nibelungen" erheischte, — in der Ausdauer, mit welcher er sich der Composition vier solcher Opernbücher unterzog, — in der Energie, mit welcher er jetzt den Bau eines Theaters in Baireuth betreibt, nur dazu bestimmt, dieses Werk zur Darstellung zu bringen, liegt etwas Imponirendes; wäre nur der Zweck aller Mittel werth, die er erheischt! Ich mag mich irren! Gibt es doch eine erkleckliche Anzahl geistreicher, gebildeter Menschen, die in der Vorführung dieser Gestalten und Begebnisse eine Apotheose deutschen Sinnes und Seins finden wollen, — eine vaterländische That, und in Wagner einen deutschen Homer oder Sophokles oder Shakespeare. Mich erfüllt es mit bitterem Unmuth, daß die Sprache, in der Schiller und Goethe dichteten, zu solcher Behandlung sich hergeben mußte; daß die Götter= und Helden= welt, die als die urgermanische bezeichnet wird, in einer Weise zur Darstellung gelangen soll, die mir an Rohheit und Geschmack= losigkeit alles zu überbieten scheint, was gewagt worden, seitdem unser Theater in der Culturwelt sich seinen Platz erobert. Mag in einzelnen Scenen und Charakteren ein Stück elementarer Kraft sich finden, — mögen diese durch die Musik zu großer momen= taner Wirkung gelangen, — mag die Kunst des Decorations=

malers und des Maschinisten dem Auge das Unerhörteste bieten, nie werde ich mich begeistern können, ja, nie werde ich es ertragen lernen, wenn im Verlauf von vier ausgedehnten Theaterstücken alles Schlechte, und im besten Fall alles Ungezähmte, was unsere Natur birgt, auf die Bühne gebracht wird. „Das Nibelungengold" als Vorspiel zeigt uns eine Welt von Göttern und Göttinnen, Riesen und Zwergen, die nur von den gemeinsten Triebfedern in Bewegung gesetzt werden. Sie belügen, betrügen, mißhandeln sich gegenseitig, — schamlos in ihren Gelüsten, unverschämt in deren Befriedigung. Wenn auch das Ende dieser Götterwelt herandämmert, — besser wäre es, sie nie zu schauen, als in dieser Gestalt. — In dem ersten Theile der Trilogie, in der „Walküre", würde man es dem Helden, Siegmund, vergeben, die Gattin des Feindes zu entführen, der ihm gastliche Stätte, trotz ihrer Feindschaft, gewährt, — aber daß sich, der Verwandtschaft bewußt, ja, damit prangend, Bruder und Schwester in ungemessenster Leidenschaft vermählen, muß auch den Vorurtheillosesten verletzen. Freilich rächt sich das beleidigende Bündniß, und es ist schön, daß es eine Göttin, Fricka, die Gemahlin des Wotan ist, die auf Strafe besteht, — aber die Frucht jener Geschwisterliebe ist Siegfried, der gehörnte Siegfried, der Hercules der deutschen Märchenwelt. Ob es nun irgend dramatisch, einer Zuhörerschar vor die Augen zu führen, wie der jugendliche Held im Walde erzogen, mit Bären spielend, seinen Lehrer, den elenden Zwerg Mime verhöhnend, sich sein Schwert schmiedet, den Drachen und den Zwerg tödtet, vom Blute des Erstern leckend sich bewußt wird, die Sprache der Vögel zu

verstehen, und was dergl. mehr, — das mögen dramaturgische
Kritiker beurtheilen, — mich däucht's Stoff für den Bänkelsänger,
der immerhin ein großer Dichter sein kann. Und die einzige
Gestalt in dieser Dramenreihe, für die man sich erwärmt, die
hehre Walküre Brünnhilde, sie, die sich Siegfried aus den lo-
dernden Flammen erwirbt und erobert, sie wird befleckt, besudelt,
da der Held, durch Zaubertränke geistig gestört, sie dem König
Gunther in die Arme führt. „Selig in Lust und Leid läßt die
Liebe nur sein", belehrt Brünnhilde das Volk, wenn sie sich am
Schlusse der Götterdämmerung den Flammen weiht, — aber sie
ist schlecht berufen zu dieser Verkündigung. — Hagen, den Sie aus
dem Nibelungen=Epos kennen als den heldenhaftesten, treuesten von
den Mannen des Königs, er wird hier (die Oekonomie des Stückes
mag's verlangt haben!) zum unheimlichen, schändlichen Sohne des
schnöden Zwerges Alberich; — Krimhild, die starke, echte Königs=
tochter, als Gudrune zu einer schwächlichen Helfershelferin des argen,
verrätherischen Halbmenschen. Betrügerische Frevelthat geht als
rother Faden durch diese, vier Abende lang, sich hinziehende Folge
von Scenen, — und das sollte einem Volke, wie das deutsche,
das Herz höher schlagen machen? sein poetisches Interesse erhöhen,
ihm Liebe geben für die Sagen seiner dunkelsten Vorzeit? —
Und die Sprache! Sie werden Ihren Augen nicht trauen, Sie
werden Ihre Ohren verschließen bei diesen Klängen, bei diesen
alterthümlich=charakteristisch sein sollenden Versen, wechselnd zwi=
schen rohesten Ausdrücken und den überschwenglichsten, kaum mehr
verständlichen Redensarten. Man weiß nicht, ob man sich mehr
wundern soll über die Ungelenkigkeit, wo es Absicht war, so

natürlich, so realistisch wie möglich zu sprechen, oder über den gänzlichen Mangel an Humor, wo nur Shakespeare'scher Uebermuth die Situation retten konnte, — höchstens an einigen Stellen liebesbrünstlicher Exaltation kommt es zu wahrhaft dichterischen Worten. Die Alliteration, die Wagner anwendet, um zu alterthümlicher Farbe zu gelangen, veranlaßt ihn zu den geschraubtesten Wendungen, den abenteuerlichsten Ausdrücken. Nie ist Entgegenstehenderes zusammengezwängt worden, als die beabsichtigte Ureinfachheit dieser Sprache und die, die modernsten Reizmittel der Tonkunst bis zum Uebermaß in Anspruch nehmende Musik des genialen Dichter-Componisten. Denn seine Genialität wird man auch nach diesen Zerrbildern anerkennen, aber ausrufen müssen: wie schade, daß sie so verwendet worden!

Doch, trotz alledem, wer weiß, ob Sie nicht eines Tages nach Baireuth wandern werden, verehrte Freundin, wenn auch nur aus der gerechtfertigtsten Neugierde. Was mich betrifft, so ist meine tiefinnerste Abneigung gegen eine derartige Dichtung so unüberwindlich, daß ich, wenn der liebe Gott in eigener Person zu mir käme, um mich eines Bessern zu belehren, ich zu ihm sagen würde: „Allen Respect, lieber Papa, — aber diesmal bist du im Irrthum."

## XLI.

Das unsterblichste Werk der Tonkunst oder vielmehr das-jenige eines großen Componisten, welches am längsten leben wird, scheint mir doch immer wieder Bach's „Wohltemperirtes Clavier" zu sein, verehrteste Freundin. Seine negativen wie seine positiven Eigenschaften rechtfertigen diese Meinung. Kein leicht veraltender Text, keine Zusammenstellungen von auszu-führenden Organen, die so leicht wechseln, sind dabei im Spiele. Tasten=Instrumente, nach den Grundsätzen der bisherigen erbaut, werden im Gebrauch bleiben, so lange man Musik macht. Erfinde-rische Virtuosen mögen die eigenthümlichsten Spielweisen zu Tage fördern, — diejenige, die in diesen Fugen und Präludien herrscht, ist die urberechtigtste, — denn was gibt dem Cembalo und seinen Verwandten einen höheren Werth, als die Eigenschaft, ein Compen-dium zu sein aller musicalischen Elemente und Kräfte? Von dieser Eigenschaft hat aber Bach in diesem Werke den weitesten und vollendetsten Gebrauch gemacht. Reiche melodische Erfindung eint sich der gesündesten, kräftigsten, aus der organischsten Mehr-stimmigkeit hervorwachsenden Harmonie. Die kurzen Tonstücke, die das Werk enthält, sind von der größten Mannigfaltigkeit in Erfindung und Stimmung und von einer Formvollendung, die nicht ihres Gleichen hat. Echt instrumentaler Natur, ist die be-wegliche Flüssigkeit der Figuren ganz und gar der Eigenartigkeit des Instruments angemessen. Man mag durch längste Bekannt-schaft mit dem Charakter, mit den Motiven und Gängen aller Stücke noch so vertraut sein, die unendliche, dem Componisten zur zweiten Natur gewordene Kunst, die in diesen Tongeweben herrscht, wird ihren Zauber nie verlieren, — ja, man wird immer neue Wunder darin entdecken. Und mit welcher Genialität ist die Ausführung der vielfach verschlungenen Melodieen der Möglichkeit dessen anbequemt, was wir mit unseren zehn Fingern leisten können! In keiner Note machen sich die beengenden Fesseln fühlbar, welche die Hände dem freien Schalten und Walten der verschiedenen Stimmen auferlegen. Es gibt kein zweites Werk, welches dem Ausübenden eine gleiche Vereinigung böte reichster, festester Musik, mit Mitteln zu technischer Ausbildung, — man könnte es die Bibel des Pianisten nennen! Daß es in seiner Eigenthümlichkeit je überboten werde, ist nicht wahrscheinlich, — einen zweiten Johann Sebastian Bach wird die Kunstgeschichte schwerlich aufzuzeichnen haben.

Sie werden einwenden, verehrte Freundin, daß das Leben meines lieben, wohltemporirten Claviers doch nur ein sehr einsames sein und bleiben müsse, — ich gestehe das zu, aber es vermindert weder seinen Werth noch seine Wirkung. Es ist das Loos einer großen Anzahl der außerordentlichsten Werke der Kunst und des Geistes, nur von Wenigen gekannt zu sein, und nur durch ihre Wirkung auf diese Wenigen in weiteren Kreisen zu wirken. Für wie viele der gebildetsten Menschen sind die Schöpfungen eines Dante, Michel Angelo, Spinoza mehr als berühmte Namen! Und welch unermeßlichen Einfluß üben ihre Werke tagtäglich aus auf den Gebieten, in welchen sie herrschen! So verdanken nicht allein Mendelssohn und Schumann, auch Beethoven dem wohltemporirten Clavier außerordentlich viel, —

mein Meister Hummel, von welchem man es auf den ersten An=
schein am wenigsten erwarten würde, nahm es und kein anderes
Werk jedesmal wieder vor, wenn er sich in späteren Jahren
pianistisch üben und musicalisch kräftigen wollte. Und wie viele
hervorragende Männer könnte man nennen, die sich seit seiner
Entstehung daran erbaut, daran erzogen!

Nicht leicht ist es, Rechenschaft zu geben von dem Eindrucke
jener Tonstücke, wenn man sie, wie es bei mir der Fall, durch
sein ganzes Leben immer und immer wieder spielt. Ihre Wirkung
mag der hoher plastischer Werke ähnlicher sein als derjenigen,
die man im Allgemeinen bedeutenden Tondichtungen zuschreibt: —
Seelenruhe inmitten allen harmonischen Reichthums, Gehobenheit
des Gemüthes ohne nervöse Aufregung, wohlthuende Befriedigung
in den Klängen ohne gemeinen sinnlichen Reiz. Man fühlt sich
zur Betrachtung hingezogen, — man wäre fast geneigt, sich eini=
ger mystischen Grübelei hinzugeben, — ja, ich möchte sagen, man
empfindet sich sittlich reiner. Das Einzige, was dabei prosaisch
wirkt, ist, — daß man immer wieder auf Stellen stößt, die man
nicht in den Fingern behält. Und man mag sich doch nicht damit
begnügen, dieselben nur zu lesen, und der technischen Beherrschung
aus dem Wege zu gehen. Denn, wie ich schon erwähnte, sie hat
so Sinniges zur Aufgabe, daß von der Langweiligkeit des Uebens,
wie es in anderen Fällen leicht entsteht, hier keine Rede sein kann.

## XLII.

Ueber das Verhältniß der Tageskritik zum Publicum schwiege ich am liebsten, verehrte Frau. Nicht weil ich nichts davon zu sagen wüßte, sondern weil allzu viel, und namentlich allzu Widersprechendes darüber zu sagen ist. Schon Goethe's Theaterdirector hat keine gute Meinung „vom Lesen der Journale," — welche Fortschritte sind aber seit jener Zeit gemacht worden? — Das Merkwürdigste bleibt stets das Imponirende des gedruckten Wortes auf — alle Welt. Man mag den Verfasser einer Kritik noch so genau kennen, noch so gering schätzen, — man mag dem, was er weiß, denkt, sagt, noch so wenig Werth beilegen, — wenn man's gedruckt vor den Augen hat, kann man sich eines gewissen Eindruckes nicht erwehren. Freilich erhält das, was Tausenden mitgetheilt wird, schon hieburch eine Bedeutung.

Dem großen Publicum gegenüber hat der Kritiker etwas von der Stellung des Predigers, — er hat das Vorrecht, sprechen zu dürfen, ohne Einwendungen gemacht zu bekommen. Von dem, was die Menge wirklich anzieht und unterhält, wird er sie durch seine Worte nicht abziehen, — aber sie wird sich noch behaglicher unterhalten, wenn gedrucktes Lob ihr dazu die kritische Berechtigung gibt, wie sie sich der Genüsse in größerer Ruhe erfreut, welche ihr die Kirche gestattet. Nicht selten befindet sich Publicus auch in der Stimmung jenes gut erzogenen Jünglings, der sich an seinen Erzieher mit den Worten wendete: „Herr Hofmeister, amusire ich mich?" In solchen Fällen kann die Kritik von großer Wichtigkeit

werden; die energische, mit möglichst unklaren Gründen wieder=
holte Versicherung, man habe sich amüsirt und müsse sich amüsirt
haben, wirkt überzeugend, — und wenn auch hinterher etwas
Langeweile herangeschlichen kommt, macht man sich lieber nichts
wissen, als daß man von der Meinung ließe, die man anzuneh=
men sich entschlossen.

Am mächtigsten wirkt die Kritik in die Ferne, so lange man
weder die Persönlichkeiten noch die Werke kennt, um die es sich
handelt, und sich mithin nichts der gläubigen Auffassung ent=
gegenstellt, zu der die Menschen doch im Allgemeinen neigen.
Hiedurch entsteht, in einzelnen Fällen freilich nur, die seltsame
Erscheinung, daß geringere Talente, die klug genug sind, selten
hervorzutreten, eine Art von Berühmtheit erlangen, wenn ihnen
sogenannte Vertreter der sogenannten öffentlichen Meinung wohl=
wollend zur Seite stehen. Indeß, — das zählt nicht.

Wie ich's schon oben angedeutet, verehrte Freundin, kann
man von der Kritik Entgegengesetztes behaupten. Sie hat große
Erscheinungen ganz und gar nicht verstanden, sie hat Falsches
und Unwahres zur Geltung gebracht, — sie ist auch wieder Be=
deutendem mit Sympathie entgegengekommen und hat es gegen
die Lauheit des Publicums vertheidigt. In den meisten Fällen ist
der Zusammenklang aller der Stimmen, aus der sie sich zusammen=
setzt, sehr chaotisch und bringt öfter eine verwirrende Kakophonie
als eine harmonisches Ensemble zu Stande. Derjenige, der sich
aus ihrem Getön eine Meinung bilden wollte, würde einige
Aehnlichkeit mit jenem Türken verrathen, der das Einstimmen
der Orchester=Instrumente für Musik hielt.

Ich fürchte, daß sie im großen Ganzen auf das Publicum nicht bildender wirkt, als auf diejenigen, mit welchen sie sich beschäftigt, — oft genug würde sich ein naturwüchsiges Urtheil schneller und sicherer gestalten, ohne das Durcheinander, das sie in so viele Köpfe bringt.

Aber die Wahrheit zu sagen, schwirrt es mir selber im Kopfe, wenn ich nur davon spreche. Man könnte leichter ein Buch darüber abfassen, als zu einem irgend klaren Ergebniß gelangen. Allzu verschieden ist auch ihr Einfluß, nicht allein bei den verschiedenen Culturvölkern, sondern auch in den einzelnen großen und kleinen, mehr oder weniger tonangebenden Städten. Hier findet sich eine Persönlichkeit, auf welche alle Welt horcht, — dort wirkt eine größere Schar zusammen in leidlich übereinstimmender Weise, — am dritten Orte geht jeder Führer seinen eigenen Weg, einer Anzahl Schäfer gleich, von welchen jeder seine kleine Schafherde zu einer andern Weide leitet. Ueber die Kritik in Wien oder Berlin, in Paris oder London ließen sich von Eingeweihten interessante Berichte schreiben. Ich aber, verehrteste Freundin, bin wahrlich nichts weniger als ein Eingeweihter, — und soll ich Ihnen eine meiner größten Schwächen eingestehen? Seit einer Reihe von Jahren lese ich, namentlich über alles, was meine Kunst betrifft, so wenig Kritisches als nur irgend möglich. Und zwar aus einem Grunde, den Sie nach allem, was ich Ihnen schon vorgeplaudert, leicht begreifen werden. Nichts stimmt mich kritischer als eine Kritik, — und ich kann kaum eine lesen, ohne den Kitzel zu empfinden, eine zu schreiben. Wie wenig dies aber passen würde zu dem Leben, welches ich aus Neigung und Nothwendigkeit, aus Temperament und Grundsatz lebe, brauche ich Ihnen gegenüber nicht aus-einander zu setzen.

———×○×———

## XLIII.

Erlauben Sie mir heute, verehrteste Frau, Ihnen von nichts zu sprechen, als von Lustigkeit, Tollheit, Uebermuth, Narrethei, — vom Kölner Carneval in Einem Worte; von Tagen, welche ein Theil meiner Mitbürger herbei-, der andere vorüberwünscht, die aber niemanden in unserer alten Festung unberührt lassen.

Sie sind noch nicht in Italien gewesen, Sie Glückliche! Aber Sie kennen jedenfalls jenes kleine Meisterwerk Goethe's, die Beschreibung des römischen Carnevals! Zum Unglück für Köln, aber zum Glück für mich hat das hiesige Fest so wenig Aehnlichkeit mit dem römischen, wie meine Prosa mit der meines göttlichen Landsmannes. Dort um diese Zeit des Jahres schon warme Sonne und blauer Himmel, — hier meistens „cattivo tempo" (was die Sache viel vollständiger bezeichnet, als unser „schlechtes Wetter"). Dort, in echt romanischem Geiste, Einheit und Schön-heit der Localität, — hier, in echt germanischem, Zerstreutheit der Handlung nach allen Seiten hin. Hingegen aber auch dort ein feststehendes, sich regelmäßig auch in seinen Einzelheiten wieder-holendes Spiel, hier stets neue Erfindung und gewissenhafte Vorbereitung.

Wir Deutschen sind ein logisches Volk, und die Kölner sagen mit Polonius: „Ist's Narrheit, so hat's doch Methode." Kaum ist die Adventszeit mit ihrem gemüthlichen Weihnachts-Finale vorüber, so beginnen die Carnevals-Gesellschaften ihre Arbeiten; in großen, gleichsam akademischen Zusammenkünften werden Frohsinn, Witz, Humor, Satyre auf's geduldigste geübt. Ein Präsident, umgeben von einem großen, jedoch ausschließlich männlichen Hofe, dessen Mitglieder sich vierfarbige Narrenmützen aufsetzen (die mit den phrygischen Freiheitsmützen eine gewisse Wahlverwandtschaft haben), leitet die Verhandlungen, zu deren Besten eine große Zahl mehr oder weniger witziger Köpfe geistige Arbeit und Anstrengung nicht scheut. Da werden Lieder gesungen, Ansprachen gehalten, humoristische Abhandlungen vorgetragen mit Aristophanischer Keckheit, die sich um so mehr die Zügel schießen läßt, als die Frauenwelt im Allgemeinen ausgeschlossen bleibt. Nur in einzelnen Sitzungen, die den Namen Damen-Comité's tragen, gelangt auch das schöne Geschlecht dazu, an solchen carnevalistischen Vorübungen, jedoch nicht selbstthätig, nur horchend und lernend, Theil nehmen zu dürfen. Bei dem fortschrittlichen Drange, der es heutigen Tages erfüllt, steht jedoch zu hoffen, daß hervorragende Frauen diese untergeordnete Stellung im Reiche der Thorheit nicht lange mehr ertragen werden.

Aus dem Zusammenwirken dieser und anderer heiterer Vereine geht dann auch die Haupt- und Staatsaction des eigentlichen Festes hervor. Diese besteht in einem großen allegorisch-symbolisch-satyrisch-charakteristisch-historisch-phantastisch-glanzvoll componirten, aus Wagen, Reitern und Fußgängern bestehenden

Zuge, der sich am zweiten Carnevalstage, in dichterischer Sprache der Rosenmontag genannt, auf dem schönsten Platze der Stadt, von Tausenden von Schaulustigen umgeben, unter dem Schutze einer thatkräftigen Polizei ordnet und mit einer Kunst des Wagenlenkens, welche sicherlich bei den olympischen Spielen nicht ihres Gleichen fand, durch eine möglichst große Zahl unserer engen, winkligen Straßen seinen Lauf oder vielmehr seinen leise bewegten Schritt nimmt. Aus meinen Jünglingsjahren steht mir lebhaft in der Erinnerung, wie zu einer Zeit, in welcher unser deutsches Volk sich in gar gedrückter Stimmung fühlte, der kölnische Carnevalszug als ein Moment politischen Aufathmens in der Allgemeinen Zeitung die ausführlichste Beschreibung, die eingehendste Würdigung fand. In seinen lebenden Bildern geißelte er damals, theilweise mit sehr scharfen Hieben, die politischen Machthaber und deren Knechte. Jetzt ist er viel unschuldiger geworden, und man muß glauben, daß ihm entweder der Stoff, oder der Witz, oder die Erlaubniß abhanden gekommen sei. Indeß zeigt sich doch mancher drollige Einfall, und locale Verirrungen namentlich bleiben nicht leicht unberührt. Jeder einzelne Wagen trägt einen mehr oder weniger künstlichen, wenn auch aus sehr einfachen Elementen ausgeführten Aufbau, der ihn zu einem Tempel oder Kaufhaus, einem Salon, einer Schenke, einer Grotte, in Einem Worte, zu einer bestimmten Localität stempelt, in welcher sich, je nach dem Sinne oder Unsinne, dem er als Symbol dient, die entsprechend costumirten Personen befinden. Die Einen widmen sich einer bezüglichen Beschäftigung, die Anderen haranguiren das Volk, theilen Gedichte aus oder genießen in ruhiger Würde das erhabene Gefühl, Helden des Tages zu sein, — aber Alle poculiren. Und das thut noth, denn es ist kein Spaß, vier bis fünf Stunden, von keineswegs milden Lüften umweht, herumgefahren zu werden, oder gar, wie es oft genug vorkommt, himmlisches Naß ohne Schutz auf sich herabträufeln zu lassen.

Zwischen diesen Wagenburgen ziehen brillante Musikbanden einher, deren Anzüge bald den Bewohnern nördlicher Steppen, bald südlicher Wüsten entlehnt sind oder auch phantasievollen Schneiderköpfen ihren Ursprung verdanken. Eine Anzahl Gruppen erscheint aber jedes Jahr zur Erinnerung an jene Zeiten, da Köln noch eine sogenannte freie Reichsstadt war und als solche eine eigene Soldatesca unterhielt, die in ihren rothen Röcken, hohen Hüten und gepuderten Haarbeuteln ein eben so festliches als friedliebendes Ansehen hatte. Man nannte sie die Kölner Funken, und ihre Gegenwart ist beim Carnevalszuge unerläßlich. Nicht minder die, einer kleinen Compagnie altdeutsch gekleideter Jungfrauen, die „Heiligenmädchen" genannt werden. Sie feiern das Gedächtniß an eine frühere menschenfreundliche Sitte, nach welcher die Stadt alljährlich ein Dutzend Jungfrauen auf Kosten der Gemeinde verheirathete, und sie stellen das Glück der Ehe dar, indem sie mit ihren Verlobten sich durchaus tanzend fortbewegen.

Sie sehen, verehrteste Freundin, welch hohe sittliche Anschauungen bei unserem Carneval zur Darstellung gelangen.

In den Straßen, durch welche der Zug sich vorgeschriebener Maßen bewegt, sind alle Fenster dicht besetzt. — Freunde und

Bekannte, welche abseits wohnen, werden eingeladen und be=
wirthet, und es herrscht eine Heiterkeit, wie sie zu so früher
Tagesstunde sonst nicht leicht sich zu entwickeln Gelegenheit findet.
Auch geschieht es wohl, daß junge Leute, die sich zusammengethan,
einen nie verweigerten Einlaß begehren, um kleine musicalische
oder dramatische Aufführungen zum Besten zu geben. Diese sind
aber gering im Verhältniß zu jenen, welche in unserem großen
Gürzenichsaale am Faschings=Dinstag Tausende von Zuhörern ver=
sammeln, unter dem französisch=kölnischen Ausdruck „Divertisse=
mentchen" bekannt sind und zu wohlthätigen Zwecken ein an=
sehnliches Eintrittsgeld erheben. Hier zeigt sich ein Talent zur
Charge, zur Posse, ein witziger Uebermuth, eine komische Dar=
stellungsgabe, ein Reichthum an tollen, zuweilen sehr schneidigen
Einfällen, wie es in Deutschland gewiß nicht oft gefunden wird.
Dazu kommt eine große vocale Gewandtheit, — es wird musi=
calisch gesungen, von Einzelnen und in Chören, jedoch ausschließlich
von Männern. Daß der berühmte Offenbach, der für Sie freilich
kaum existirt, ein geborener Kölner sein mußte, könnte man mit
mathematischer Sicherheit beweisen, wenn man diesen Vorstellungen
beigewohnt hat. Leider ist die Wahl der Gesangstücke, die hier
vaudevilleartig angebracht werden, oft eine sehr schlechte, weil
eine zu gute. Die Begebenheiten und Situationen jedoch, die
diesen leichtgeschürzten dramatischen Spielen eine Art von Inhalt
geben, sind oft trefflich erfunden oder besser gesagt, gefunden,
mit entschiedenem Glück an Vorkommnisse anknüpfend, welche die
öffentliche Aufmerksamkeit beschäftigt hatten.

Das Eigenthümlichste an diesem Volksfeste, denn das ist es,

bleibt aber stets die leidenschaftliche Verkleidungssucht, die in größter Harmlosigkeit sich am bestimmten Tage einer Bevölkerung bemächtigt. Sie ist hier in der ersten Erziehung begründet. Wenn die Kinder kaum gehen gelernt, werden sie in echt kölnischen Familien schon in irgend ein Costüm gesteckt. Man nennt das hier, sich maskiren, wenn auch die Gesichtsmaske nur selten benutzt wird. Sobald am Sonntag der Gottesdienst vorüber, zeigen sich Verkleidete auf den Straßen, an den Fenstern, an allen öffentlichen Orten. Man sieht kleine und kleinste Knaben und Mädchen sich die Hände reichend durch die Straßen ziehen, — Schaaren, die in den abenteuerlichsten Anzügen hin und her wandern, mehren sich von Stunde zu Stunde. Unerkannt Andere in schalkhaft witziger Weise zum Besten halten, mag sehr lustig sein, — ich begreife es, obschon mir meine äußere und innere Beschaffenheit diese Art von Incognito verbietet. Welchen Reiz es aber haben mag, sich mit der Verkleidung begnügend, stumm einher zu schlendern, habe ich nie verstehen können. Ist es die Genugthuung, seine Persönlichkeit für eine Weile los zu werden? Oder gereicht es schon zu heiterer Befriedigung, durch seine Erscheinung einen Augenblick die Aufmerksamkeit auf sich zu ziehen? Oder ist's eine zum Bedürfniß gewordene Gewohnheit? Ein scharfsinniger Psychologe könnte in diesem Triebe Stoff zu anziehenden Betrachtungen finden.

Ich spreche Ihnen nicht, verehrteste Freundin, von den costumirten Tanzgesellschaften der höheren Classen, die sich überall mehr oder weniger gleichen. Auch nicht von den großen Maskenbällen, obschon sich in diesen dem erfahrenen Beobachter vielleicht

manche Besonderheiten offenbaren würden. Vor Allem wird der
kölnische Dialekt, der dort in seiner ganzen Reinheit vernommen
wird, ohne alle künstliche Zuthat von Hochdeutschem, den Frem-
den frappiren. Wohlklingend ist derselbe keineswegs, — aber
scharfe Lebendigkeit ist ihm eigen, die sich gut verträgt mit einem
lustigen, ja, ausgelassenen Wesen, während er im bessern oder
ernsteren Gespräch einen etwas communen Klang hat. Ich darf aber
kein eingehendes Urtheil darüber fällen, weil ich, bis jetzt wenigstens, die größte Schwierigkeit habe, ihn halbwegs zu verstehen,
— ein schlechtes Zeichen für mein musicalisches Ohr, da ich ihn
doch schon durch manches Jahr zu hören Gelegenheit hatte.

Während im heiligen Rom der Aschermittwoch den Uebergang
in die Fastenzeit auf die eindringlichste Art zur Erscheinung bringt
und der wißbegierige Fremde höchstens zu seiner Zerstreuung es
mit ansehen darf, wie der Spruch: „Asche bist Du und zu Asche
sollst Du werden" durch das Bestreuen der vornehmsten Köpfe
mit Asche gleichsam als lebendes Bild dargestellt wird, zeigt sich
der religiöse Sinn unserer Kölner in einer titanenhaften Fisch-
verspeisung. Es soll diese freilich auch als Symbol gelten der
nun beginnenden frommen Diät; da aber der Vertilgung dieser
Wasserbewohner, gegen alle Naturgeschichte, nichts ferner bleibt,
als ihr Element, so muß man beschämt eingestehen, daß die
Askese nach allen Sünden der vergangenen Tage keine tiefgehende
zu werden scheint.

## XLIV.

Sie kennen wohl nur sein „Buch der Lieder", verehrte Freun=
din; es genügt, um Heine als einen ersten Lyriker anzuerkennen.
Auch möchte ich Ihnen keineswegs anempfehlen, seine anderen
Dichtungen zur Hand zu nehmen. Es finden sich freilich darunter
manche, die, vielfach in Musik gesetzt, sehr populär geworden sind.
Aber der großen Mehrzahl nach taugen sie nicht für Frauen, —
ich möchte sie wenigstens diesen gegenüber nicht vertheidigen,
während ich doch viele derselben bewunderungswürdig finde. Gibt
es ja im Leben so Vieles, dessen Kenntniß, dessen Anblick, dessen
Berührung man der Frauenwelt verehrungsvoll fernhalten möchte,
— wie man derselben ja gern jedes Unschöne verhehlte, mag
auch die berühmte Stammmutter manche schlimme und schlimmere
Nachfolgerinnen haben. Der Mann muß sich so tief mit dem
Leben einlassen, daß seinem Auge das Widerwärtige und Ge=
meine nur allzu oft begegnet; er steht auch auf so kräftigen
Füßen, daß er den Erdenstaub, in welchem er oft genug watet,
mit Leichtigkeit abzuschütteln vermag. Halten wir die Natur der
Frauen für eine höhere oder eine schwächere, wenn wir ihr
weniger Kraft zutrauen? Jedenfalls ist's ein Gefühl sorgsamer
Liebe, wenn wir trachten, sie vor dem Unedeln zu bewahren,
auch wenn es den Kampf gegen dasselbe gilt, — wenn wir
suchen, die Traurigkeiten des Lebens ihnen wenigstens so lange
zu verhüllen, als sie nicht unvermeidlich von denselben aufgesucht
werden. Und auch das allzu starke Wort, das uns, der Misère
gegenüber, oft der einzige Trost, die einzige Erquickung bleibt,

wir mögen es vor weiblichen Ohren nicht aussprechen. Scherz, Ironie, leichtester Spott mögen sich von denselben vernehmen lassen, aber der Troß, der Hohn, das Lachen des Schmerzes, die Geißelhiebe der Satyre, die nackte Bezeichnung für die nackte Thatsache, der wegwerfende Ausdruck der drohenden Gemeinheit gegenüber, — sie sollen vor weiblichen Ohren nicht erklingen. Schon bei seinem unvergleichlichen „Buch der Lieder" machte man Heine den Vorwurf, so manches zarte Gedicht verdorben zu haben durch satyrische Wendung. Für den Componisten sind diese Sprünge freilich sehr fatal, er weiß nichts damit anzufangen. Aber Heine hat auch dabei an keine musicalische Behandlung gedacht. Den Kampf des fühlenden Herzens mit der Prosa des Lebens, mit der Schnödigkeit seiner gemeinen Ansprüche, den wollte er damit zum Ausdruck bringen, und wie sehr ihm das gelungen, beweisen die vielen Verse dieser Art, welche, troß aller Einrede der Aesthetiker, zu geflügelten Worten geworden sind. Nun gab es seit Goethe (der das Gretchen und den Mephisto auf denselben Plan gebracht) wohl kaum einen deutschen Dichter, dem, wie Heine, wahre Urtöne der Empfindung in gleichem Maße wie das einschneidendste Wort der Persiflage zur Verfügung gestanden hätten. Es war ein Mensch von heißem Blut, er hatte das Vollgefühl seiner geistigen Kraft, — sein erstes literarisches Auftreten war kühn, ja frech, — die Widersacher, die Neider, die Feinde konnten ihm nicht fehlen. Troß allem, dessen man ihn beschuldigt, und inmitten der Schwächen, die zu verheimlichen er zu stolz war, hatte er tiefe Ueberzeugungen, welchen er im Grunde seiner Seele durch alle Phasen seines bewegten Lebens treu

blieb. Verwöhnt, verhätschelt, — gehaßt und beschimpft, — zu
Hause in den verschiedensten Regionen der Gesellschaft, namentlich der Pariser, — mit einer Intuitionskraft begabt, mit welcher
er Alles errieth, — von einer Geisteskraft, die durch Nichts zu
schwächen war, mußte er die letzten acht Jahre seines Lebens,
wie Sie wissen, auf dem elendesten Krankenbett Unsägliches erdulden. Denken Sie Sich nun, oder denken Sie Sich's lieber
nicht, verehrteste Freundin, was da in diesem Kopfe alles vorgehen mußte. Die Bilder der Vergangenheit, die Leiden der
Gegenwart, die Gewohnheit politischen, religiösen, literarischen
Speculirens, der ewige Kampf mit körperlichem Schmerz, das
Gewaltsame in seinen Neigungen und dazu die Vorgänge der
Außenwelt, die ihm tagtäglich auf jede Weise zu Ohren kamen
und ihn tief bewegten, — alles das gestaltete sich bei ihm zu
Gedichten, von welchen viele zum Wunderbarsten gehören, was
man finden mag, wenn auch ein empfindlicher Gaumen dem bei
gewissen Gerichten beliebten haut-goût allzu häufig begegnet. Ich
gestehe meine gröbere Natur ein. Das Rein-Schönste bleibt
mir freilich auch immer das Allerschönste. Aber ich nehme manches
schlimme Wort gern mit in den Kauf, ich lasse mir das ver-
fänglichste Bild gern gefallen, wenn sie dem gerechtfertigten zor-
nigen Unmuth eines echten Dichters zum Ausdruck dienen. Ohne
den wohlthuenden Einfluß der Frauen auf die Sitten unserer
Zeit zu verkennen (wer könnte sich eine beglückende Geselligkeit
ohne ihre Gegenwart denken!), wird man doch zugeben müssen,
daß die Rücksicht auf sie, auf manche Erzeugnisse der Kunst und
der Literatur einen abschwächenden Einfluß ausübt, während man

ihnen doch wieder Anschauungen zumuthet, die viel schlimmer
sind, als das, was man ihnen zu Liebe zu verhüllen strebt. Daß
ihnen jede Schaubühne, jedes Werk der sogenannten schönen Lite=
ratur von Rechtswegen zugänglich sei, ist vielleicht eben so
schlimm für diese, als für die Frauen. Glauben Sie daher den=
jenigen nicht, verehrteste Freundin, welche Heine's Dichtungen
aus seiner letzten Epoche verketzern, — er war als Mensch und
als Poet zu   ner vorhergehenden Zeit bedeutender, — aber
lesen Sie sie nicht.…

———<co>———

::nji..

## XLV.

Während der ersten Hälfte der dreißiger Jahre sah ich Heine
in Paris, wohin er ungefähr ein Jahr nach der Juli=Revolution
gekommen war, sehr viel, verehrte Freundin. Ich war kaum
zwanzig Jahre alt, als er mich aufsuchte, um mir Grüße von den
Meinigen aus Frankfurt zu bringen, und ich rechne es ihm nach=
träglich sehr hoch an, daß er gern mit mir verkehrte, — damals
im jugendlichen Uebermuth, schien mir's ganz natürlich. Meine
Jugend war auch wohl alles, was ihm an mir behagen konnte,
— ich war zwar ein guter Musicant, das war ihm aber gleich=
gültig, — ich erinnere mich nicht, daß es ihm je eingefallen
wäre, sich von mir etwas vorspielen zu lassen. Die Musik in=
teressirte ihn nicht übermäßig, so viel Geistreiches und tief Em=
pfundenes er auch, neben toll Humoristischem, darüber geschrieben.

Sein Aeußeres kennen Sie wohl aus Bildnissen, so viel man
aus dergleichen, vor der Photographie, entnehmen konnte, wenn
der Zufall nicht einem bedeutenden Menschen einen bedeutenden
Maler zugeführt. Die Nachbildungen eines Portraits, welches
der talentvolle Professor Oppenheim von ihm gemacht, sind indeß
leidlich ähnlich, wenn sie auch das vortreffliche Bildniß uns sehr
unvollständig wiedergeben. Ich glaube nicht, daß das Antlitz
Heine's sonderlich auffiel, so lange man nicht wußte, welchem
Kopf es als Aushängeschild diente, — kannte man aber den
Inhaber, so mußte man ihn auch darin finden. Die Stirn war
sehr edel, die Augen wechselten zwischen Mattigkeit und blitzen-
dem Feuer. Am lebhaftesten ist mir sein Mund in der Erinnerung haften geblieben, — er verzog ihn sehr, sehr häufig zu
einem satyrischen, wegwerfenden Lächeln, und wiewohl dieser Ausdruck vortrefflich zu seiner Geistesrichtung paßte, kam mir dieses
fast höhnische Herabziehen der Unterlippe etwas gemacht vor, —
ich glaube, er wußte, wie das aussah, und er gefiel sich darin.
Im Uebrigen kann man in Wesen und Geberde nicht einfacher,
nicht natürlicher sein, als er es war, — ein nachlässiges Sichgehenlassen in Gang und Haltung und keine Spur von Prätension!

Man hat mich oft gefragt, ob Heine im Gespräche sich eben
so geistreich gezeigt, als mit der Feder? Wie sollte das möglich
gewesen sein! Als ich ihn eines Tages besuchte, fand ich ihn
arbeitend am Schreibtisch und warf einen neugierigen Blick auf
den vor ihm liegenden Bogen, der kaum eine Zeile enthielt, die
nicht durchgestrichen und durch eine darüberstehende ersetzt gewesen wäre. Er fühlte meine Verwunderung und sagte mit iro-

nischem Ton: „Da sprechen die Leute von Eingebung, von Be=
geisterung und dergl., — ich arbeite wie der Goldschmied, wenn
er eine Kette anfertigt, — ein Ringelchen nach dem andern, —
eines in das andere." Oft recitirte er mir kleinere Gedichte,
die eben entstanden waren, — irrte sich dabei aber sehr häufig.
„Glauben Sie nicht", sagte er einst, „daß mich das Gedächtniß
im Stiche läßt, ich wähle aber zwischen so vielen verschiedenen
Wendungen, daß ich im gegebenen Augenblick leicht vergesse,
welche ich festgestellt." Wenn ein Schriftsteller bemüht ist, wie
es mit feinsten Weinen geschieht, uns aus einer Auslese von
Geistesbeeren einen Trunk zu credenzen, wird das, was die
Kelter aus dem Uebrigen preßt, nothwendiger Weise nicht von
gleicher Vortrefflichkeit sein. Jedoch war Heine sehr schlagfertig,
und im Gespräch mit geistig Gleichstehenden mag er sich wohl
zu sich selbst erhoben haben. Im Allgemeinen liebte er aber
leichtes Geplauder, bei welchem es an treffenden, wohl auch
verwundenden Ausfällen nicht fehlte. Ein Einfall, der schla=
gend, machte ihm die größte Freude, und ich bin überzeugt, daß
er zuweilen eine Reihe von Besuchen machte, nur um ihn zu
colportiren und jedesmal wieder auf's herzlichste darüber zu
lachen. Im Verkehr mit seinen näheren Bekannten war er in=
deß, trotz seiner Neigung zu scharfer Kritik, überaus rücksichtsvoll.

Er, der den Liedercomponisten so Herrliches geboten, wußte
doch nicht so recht, was dem Musiker frommte. Einen Beweis
hiervon bewahre ich als einen Schatz. Es ist ein Dutzend kleiner
Gedichte, (die in der Zusammenstellung, wie er mir sie zum Componiren
gegeben, sich nicht in seinen Werken finden), unter dem Titel:

„Kitty, närrische Worte von Heinrich Heine, — noch närrischere
Musik von Ferdinand Hiller, — geschrieben im Jahre 1834."
Zu dieser Liebesgabe mochte ihn eines meiner frühesten Lieder=
hefte „Neuer Frühling" veranlaßt haben, — es enthält nur
Gedichte von ihm, die er oft von schönem Munde zu hören
Gelegenheit hatte. Aber kaum vorlesen kann man jene Kitty=
Verse, — und obschon es nicht mit Unrecht heißt, daß sich Vieles
singen läßt, was nicht zum Lesen taugt, hier trifft es nicht zu.
Wäre das Heft nicht mit der ganzen Sorgfalt einer vortrefflichen
Hand ins Reine geschrieben, ich hätte glauben können, der Dichter
wolle sich einen Scherz mit mir machen, denn kaum ein Lied
von allen zwölfen ist der Musik zugänglich. Vielleicht dachte er
sich unter „närrischere Musik" eine Compositionsweise, in der die
grotesken Sprünge, mit welchen er .in jenen Liedern aus der
heißesten, oder doch sinnlichsten Empfindung, an die Erwähnung
von Promenaden zu Esel oder von Thee mit Butterbrod anlangt,
durch leichte, heitere Rhythmik, wie sie in der italienischen Opera
buffa herrscht, zu Gehör kommen sollten. Auf der Bühne, einem
bestimmten Charakter in den Mund gelegt, dessen Erscheinung
schon einer solchen musicalischen Ausdrucksweise eine Basis gäbe,
wäre dergleichen vielleicht möglich: im Liede würde der Versuch
kläglich mißlingen.

Börne, welchen Sie, verehrte Freundin, wohl kaum mehr als
dem Namen nach kennen, war Heine's Gespenst, seine bête noire.
Bereit, das glänzende Talent jenes von Geist sprühenden Publicisten
anzuerkennen, war es ihm doch unerträglich, daß man sie stets als
Dioscuren zusammen nannte. „Was habe ich mit Börne zu schaf-

fen", rief er eben so häufig als unmuthig aus, „ich bin ein Dichter!" Und es lag hierin eben so viel Wahrheit als Selbst= bewußtsein. Wer denkt noch daran, die beiden Namen zu verbin= den? Dergleichen ungerechtfertigten Zusammenstellungen ist aber jedes Talent wie das größte Genie durch kürzere oder längere Zeit ausgesetzt, — das letztere findet schließlich seinen richtigen Platz, — das Talent aber, dem nicht weniger Unrecht geschehen ist, tritt oft genug wieder in den Hintergrund, ohne die ersehnte und gerechte Genugthuung erlebt zu haben.

Den Bericht kennen Sie, Verehrteste, welchen ich von einem Besuche gegeben, den ich Heine an seinem Krankenlager gemacht. Als ich im darauffolgenden Jahre bei ihm eintrat, empfing er mich mit der charakteristischen, aber sicherlich aufrichtigen Aeuße= rung: „Ihr Feuilleton hat mir Freude gemacht. Nicht etwa, weil Sie darin allerlei Schönes von mir gesagt, aber weil es hübsch geschrieben war, — ich bin Künstler vor Allem."

---

## XLVI.

Es ist Ihnen unbegreiflich, verehrte Freundin, daß ein Mann von der geistigen Höhe Bach's sich mit dem lyrischen Text be= gnügt, der sich durch die Evangeliums=Erzählung seiner Passions= musik schlingt! Er fand zu jener Zeit keinen bessern, war auch kaum mit Besserem bekannt, und fand ihn sicherlich auch nicht so schlimm, als er uns heute, mit Recht, erscheinen muß. Denn

die gräuliche Geschmacklosigkeit, der gänzliche Mangel an poeti-
scher Ausdrucksweise ist doch der Hauptvorwurf, der jenen lyrischen Ergüssen zu machen ist. Ernst war es dem Verfasser mit
seinen Versen, — mit seinem ganzen Wesen versenkt er sich in
die Leiden des Heilandes, — seine Theilnahme ist keine gemachte,
keine erheuchelte, keine reflectirte. Gewiß, es bedurfte des ganzen
Genies des großen Cantors, um auf diesem Grunde den erhabenen Bau aufzurichten, der den Jahrhunderten trotzt, — und doch
ist es fraglich, ob irgend einer unserer besten neueren Dichter
sich in jene Glaubensseligkeit so versenken könnte, um Worte zu
finden, die einem Apostel, wie Bach einer war, anstehen würden.

Groß ist der Abstand zwischen dem Componisten, der eines
Textes bedürftig ist, um von demselben aus zur Musik zu gelangen, und demjenigen, welcher, in Musik stehend, wie ein Baum
in Blüthe, der Worte nur bedarf als Licht, Wasser und Wärme,
um Früchte zu bringen. Bei Passionsmusiken von der Form
der Bach'schen kommt hinzu, daß die Erzählung des Evange-
liums gegeben ist, und daß ein so echt christlicher Tondichter,
wie Bach, gar keines Wortdichters bedurfte, um alle die schmer-
zensvolle und doch auch wieder beseligende Theilnahme in Klarheit
zu denken und zu fühlen, zu welcher jene ergreifende Leidens-
und Liebensgeschichte auch den Ungläubigsten zwingt. Literarische
Ansprüche machte Bach an jene Verse nicht, — sie genügten ihm
als Unterlagen, — sie waren ihm ein Faden, auf welchen er
die Perlen seiner Melodieen an einander reihte. Die musicalischen Rhythmen thun den sprachlichen nichts zu Leide, — aber
nur ganz ausnahmsweise knüpfen sie musicalisch an dieselben an.

Anders verhält es sich bei jenen Stellen des Evangelientextes, welche als Chöre behandelt sind, — hier waltet oft eine musicalisch=declamatorische Absicht vor, so weit ein Tonsetzer, wie Bach, je von den musicalischen Bedingungen absoluter Musik abzusehen vermochte. In seiner Totalität zeigt das hehre Werk auch wieder, wie in der Vereinigung von Wort und Ton der letztere in seiner Wirkung so viel stärker ist als das erstere. Denken Sie Sich, verehrteste Freundin, denselben großartigen Stoff so behandelt, daß der Text auf der Höhe der Bach'schen Musik stände und die Composition so dürftig und veraltet wäre, wie die sogenannte Dichtung von Picander, — nach den ersten Sätzen würden Sie entfliehen, und Viele würden Ihnen folgen.

Das Schicksal dieser jetzt so populär gewordenen Passions= musik ist aber doch eines der merkwürdigsten, die ein musicalisches Kunstwerk erlebt hat. Nicht ohne Aehnlichkeit mit dem unseres Kölner Domes, der Jahrhunderte darnieder lag, bis ein prote= stantischer preußischer König einen zweiten Grundstein zu seinem Ausbau legte, — aber doch noch eigenthümlicher. Der erhabene Chor der Kathedrale galt doch von jeher als das, was er war, — er lebte. Aber wenn auch die Bach'sche Passionsmusik ein oder zwei Mal in ungenügender Weise vor den Ohren einer kleinen leipziger Gemeinde erklungen sein mag, so war sie doch zur Zeit, als Felix Mendelssohn und Eduard Devrient sie wieder ans Tageslicht zogen, gänzlich unbekannt, ganz und gar ver= schollen. Und nach einem Jahrhundert, während welchem Poesie, Musik und Christenthum Wege eingeschlagen, weit ab führend von der Stelle, auf welcher das einzige Werk steht, wird man plötzlich

zu ihm hingeführt, — und es imponirt nicht allein, es enthusiasmirt und begeistert, mehr als es je der Fall gewesen zur
Zeit, da es entstand. Und in seiner Wirkung ist nichts Gemach-
tes, — nichts von jener Heuchelei, wie wir ihr, namentlich in
Deutschland, so oft begegnen. Langsam, durch ein halbes Jahrhundert, wächst seine Popularität, wachsen Verständniß und
Wirkung.

Das war echte Zukunftsmusik, die der edle Cantor an der
Thomaskirche schuf. Für eine beschränkte Gemeinde wollte er
Passendes schaffen, — niemandem imponiren oder gefallen, —
seiner Pflicht wollte er genügen als Beamter, als Tonsetzer, als
Christ. Er dachte so wenig an sein Genie wie an ein Publicum,
so wenig an Kritik wie an Lorbeern. Als er sein Werk aufgeführt hatte, schloß er's in seinen Schrank und schuf ein neues.
Und wer mag nun ermessen, wie viele Geschlechter noch Labsal
und Erquickung und Stärkung finden werden im harmonischen
Rauschen dieser tönenden Eiche! — Bach ist eine Memnonssäule,
die zu klingen beginnt, sobald ein Lichtstrahl sie berührt.

## XLVII.

Es war mir wohlthuend, verehrte Freundin, Vorwürfe von Ihnen zu erdulden ob meiner Unthätigkeit, — denn es bewies mir, daß Sie mein Schaffen (im eigentlichsten Sinne des Wortes) nicht für unnütz halten. Wenn ich die außerordentliche Anzahl herrlicher Werke überschaue, die in unseren musicalischen Bibliotheken aufgespeichert sind und deren so viele der Auferstehung harren aus ihrem papiernen Scheintod, dann sage ich mir zuweilen, daß es eine Vermessenheit ist, — nicht, zu componiren, — wohl aber, die Kräfte in Anspruch nehmen zu wollen, durch welche die Schöpfungen der Tonkunst erst lebendig werden. Und von dieser Betrachtung bis zum bequemen Sichgehenlassen, — zum Phantasiren, Planiren, Skizziren ohne Ende, aber auch ohne Ziel, ist der Weg nicht weit. Man hegt ein Vorurtheil gegen sogenannte Gelegenheits=Compositionen, — aber im Grunde ist dieses nur gegründet, wenn die Gelegenheit frivol und unkünstlerisch ist. Wie viele Aufgaben in den plastischen Künsten sind doch mehr oder weniger Gelegenheits=Compositionen, ja, man nennt sie noch prosaischer Bestellungen, und die größten Schöpfungen sind so entstanden, die außerordentlichsten Genies haben aus solchen Anregungen hervor das Höchste geleistet.

Auch den Componisten vergangener Jahrhunderte war durch ihre Stellen und Stellungen, namentlich in Kirchen und Capellen, manche würdige Aufgabe gestellt; im Laufe unseres Jahrhunderts ist's aber immer weniger geworden und kommt jetzt nur noch ausnahmsweise vor. König Friedrich Wilhelm der Vierte ist, meines Wissens, in den letzten fünfzig Jahren der einzige Fürst gewesen, dem es in den Sinn kam, auch die Musik in höherer Weise heranzuziehen zur Befriedigung seiner poetischen Neigungen. Und daß man es ihm verdankt, wenn Mendelssohn sich nochmals dem lieblichen Traum seiner ersten Jugend, dem Sommernachts- traum, zugewendet, ist sicherlich dankenswerther, als die Anferti- gung so mancher historischen Bilder und Sculpturen, die auf fürstliches Geheiß entstanden sind. Aber die herrschende Kunst, unsere vielleicht allzu überflutende Tonkunst, ist nicht die Kunst, die sich des Schutzes der herrschenden Gewalten erfreut. Auch da, wo es den Anschein hat, als geschähe etwas für sie, wie in den fürstlichen Opernhäusern, muß sie vielfach der Industrie dienen.

Ich erinnere mich, schon einmal mit Ihnen hierüber geplau- dert zu haben, verehrteste Frau, und wenn ich heute darauf zurück komme, so sind Ihre liebenswürdigen Vorwürfe daran Schuld. Denn was ich von mir sagte, gilt gewiß auch von manchem meiner Gefährten, — ich denke nicht, daß sie sich alle für Genies ersten Ranges halten, — und eine würdige, von Außen kommende Anregung würde sicherlich Manchen zu einer concentrirteren Zusammenraffung seiner Kräfte begeistern. In Ermangelung solcher fördernden Momente ist es um so anerken- nungswerther, zu sehen, mit welchem Feuer, mit welcher An- spannung und Energie so viele wackere Künstler sich dem mühseli- gen, wenn auch beseligenden Geschäfte des Componirens hingeben, mit unbestimmtester Aussicht auf irgend eine Art von Erfolg. Und wir Teutsche vor Allen.

Meine Bewunderung dieser uneigennützigen idealen Bestrebungen ist um so reiner, als ich in meiner Stellung als Leiter
eines großen Concert=Instituts denselben manches Ungemach verdanke. Hier wird die Wahl wirklich zur Qual. Alles aufzu-
führen, was eine Aufführung verdiente, ist nicht möglich, und
Werke, die sich durch höchste Vortrefflichkeit gleichsam octroyiren,
sind sehr selten. Meistens steht man Erzeugnissen gegenüber,
von welchen die Einen sich durch Tüchtigkeit, die Anderen durch
Wohlklang, wieder Andere durch poetischen Gehalt, durch Reichthum des Colorits, durch national=melodische Eigenthümlichkeit oder
irgend eine nicht näher zu bestimmende beachtungswerthe Eigenschaft
auszeichnen. Sie haben jüngere oder ältere, besser oder schlechter
situirte Tonkünstler zu Verfassern. Soll man höhere, aber noch
unsichere Bestrebungen vorziehen fertigen, wenn auch weniger ideal
gedachten Producten? Soll man werdende Talente unterstützen
oder gewordene nach Kräften belohnen? Soll man vor Allem
sich fragen (so schwer es ist, die Frage zu beantworten), was
einem verehrungswürdigen Publicum am besten munden würde?
Darf man persönlichen Sympathieen gar kein Recht einräumen?

Wie viele Erwägungen könnte ich noch hinzufügen, wenn es
Ihnen, verehrte Freundin, gegenüber nicht unnütz wäre, — um
so unnützer, als Sie, bei dem vielen Guten, das Sie verbreiten,
ganz ähnlichen Schwierigkeiten begegnen werden; denn eine Gränze
müssen ja auch Sie Sich stecken. Schließlich geht es, wie es kann,
und man muß sich in dem Bewußtsein beruhigen, sein Bestes
gethan zu haben, so weit es die Macht der Verhältnisse, die nicht
ohne Aehnlichkeit mit dem Fatum ist, zuläßt. Eins wenigstens

darf ich mir zugestehen im Rückblick auf meine nachgerade lange
währende künstlerische Laufbahn, — Anderen viel mehr geleistet,
als von ihnen verlangt zu haben.

———⁂———

## XLVIII.

Nachdem ich die Prüfungen in unserer Musikschule abgehalten,
begab ich mich zur Erfrischung auf ein paar Wochen nach B.
Heute Morgen, hier wieder angelangt, finde ich Ihren Brief,
verehrteste Freundin, für welchen ich tausendmal danke. Wenn
ich sage, daß mir beim Lesen desselben wieder so wohl zu Muthe
wurde, als sei ich noch in meinen geliebten Wäldern, so klingt
das recht ungalant, — aber ich wüßte den Inbegriff des reinsten Glückes nicht vollständiger wiederzugeben. Wird mir doch
schon jetzt der vergangene Aufenthalt in dem einsamen Flecken
zu einem holden Traum, der mich, nachklingend, entzückt, wie ich
in jungen Jahren oft ganz beseligt blieb, wenn ich geträumt
hatte, ich schwebte über lieblichste Gegenden hin, ohne auch nur
des Flügelschlags eines Schmetterlings zu bedürfen, — gehoben,
getragen von leichten, kühlen Winden. So leicht wurde mir's
nun diesmal doch nicht gemacht, — ich bedurfte meiner vollständigen körperlichen Kräfte. Aber der Gebrauch derselben erhöhte
die Wonne, die ich mir durch etwas Mühseligkeit eroberte.

Welch herrliche Tage! Ich mochte an dem Fenster meines
Stübchens sitzen und den Blick schweifen lassen über die Wiesen

und Wälder, die Felsen und Höhen, die sich ihm in friedlichster
Ruhe darboten, — oder einen kleinen Pfad verfolgen, der sich
längs den Krümmungen des schmalen Flusses hinzieht, — oder
auf die Höhen klimmen und im Waldesdickicht schreitend dem
Rauschen der Wipfel, dem Murmeln der Quellen, dem Gesang
der Drossel horchen, — immer und überall fühlte ich mich wie
losgelöst von allem, was das Leben Beunruhigendes, Beengen=
des mit sich schwemmt, — es war mir, als sei es destillirt, frei
von jedem unlautern Bestandtheil. Was bedeuten die geselligen
Verhältnisse, was die Interessen des Ehrgeizes, des Eigenthums,
— ja, was bedeutet das bischen Wissen und Können, das man
sich aneignet, inmitten dieses reinen Gefühles des reinsten Seins,
das nur einen Wunsch aufkommen läßt: den, seiner möglichst
langen Dauer! Oder doch nur noch den einen andern: es möge
von Allen empfunden werden, die wir lieben.

Wenn ich inmitten meiner Wanderungen mich ruhend auf
ein bemoostes Felsstück setzte, um mich her die alten Stämme,
dazwischen die jung aufstrebenden Bäume, und das Walten der
Unendlichkeit in mich einströmen fühlte, — und dazwischen der
Stadt gedachte, nach welcher zurückzukehren mir geboten war,
mit allem, was das Leben dort mit sich bringt, — da überkam
mich eine Empfindung, wie sie vielleicht einem Genesenen wird,
wenn er des Hauses ansichtig, in welchem er, gestörten Geistes,
sich aufzuhalten genöthigt gewesen. Wozu der Lärm, die Mühen,
die Plackereien, — wozu die freudigste Arbeit und die bitterste
Enttäuschung, — wozu auch das Beste, was uns werden kann,
die Neigung und die Achtung Anderer, wenn wir so glückselig,

so befriedet und befriedigt sein können, ohne anderes, als was die Natur uns bietet in ihrer einfachsten Schönheit! Was bedeuten Kunst und Poesie, die uns nur für kurze Momente unvollständig beglücken, wenn wir den vollkommensten Lebensgenuß tagelang finden können dort, wo die ewigen Gesetze in ihren erhabenen Wirkungen uns so klar vor's Auge treten und wir uns doch, wie nirgends, im Freien fühlen.

Sie lächeln, verehrteste Freundin, und mit Recht. Sie wissen, daß es niemandem weniger als dem Künstler auf die Dauer genügen würde, dem Vogel gleich nur zu leben, um zu leben, — daß Wirken und Schaffen, wenn auch in engster Sphäre, uns ein Bedürfniß ist, gleich dem des täglichen Brodes, — daß es schließlich immer wieder der Mensch ist, dessen der Mensch bedarf. Der Kampf um's geistige Dasein ist uns der Kampf um's Dasein, — und den finden wir nicht auf Bergen und in Thälern, im Wald und auf der Flur. Unsinn! Alles, was ich eben aussprach. Aber so oft es die unselige Macht der Verhältnisse erlaubt (und sie erlaubt es öfters, als wir davon Gebrauch machen), sollten wir den Staub, den das Culturleben um uns heraufwirbelt, abschütteln, — uns befreien vom Persönlichen, — vom Geselligen, das so oft zum Ungeselligen, vom Künstlerischen, das so oft zum Unkünstlerischen wird, — uns lagern zu den Füßen der ewigen Allmutter, um uns zu fühlen als Kinder, hingegeben dem Augenblick, der eine Ewigkeit in sich einschließt.

## II.

Allzuviel, verehrteste Freundin, habe ich seit frühester Jugend in jenem Durcheinander unbestimmter Empfindungen und veränderlicher Ansichten gelebt, das man Politik nennt. Welch ein halbwegs lebhafter Mensch unserer Zeit hätte nicht damit ein gut Theil seiner Zeit angefüllt? Mir sind wenigstens ein paar große Eindrücke geblieben.

Im elterlichen Hause hörte ich als Knabe verständige, erfahrene Männer, vor allen meinen Vater, viel politisiren. Es war in jenen, der Juli=Revolution vorhergehenden Jahren, während welcher in Deutschland die demüthigendste Reaction herrschte und das ganze gebildete Bürgerthum sich vor Allem an der liberalen Opposition in der französischen Deputirtenkammer Erfrischung und Hoffnung auf bessere Zeiten holte. Voll von allem Gehörten, den Haß Metternich's und seiner Creaturen im Herzen, kam ich nach Paris und stürzte mich in einen Rausch von Zeitungslesen, das meiner musicalischen Thätigkeit keineswegs ersprießlich war.

Im Juli 1830 von einem Besuch der Meinigen nach Frankreich zurückkehrend, hielt ich mich ein paar Tage bei Freunden in Straßburg auf. Die berüchtigten Preß=Ordonnanzen Polignac's waren gerade erschienen, — ich fand sie in den Straßen angeklebt, vielfach mit Koth beworfen. Alle Welt war aufgeregt, eine dumpfe Gährung war auch dem unerfahrensten Blick bemerklich. „Dieses Mal müssen die Bourbonen aus dem Lande hinaus!" hörte

ich gemäßigte, ruhige Leute sagen.   Pochenden Herzens setzte ich
mich in die Diligence, die mich nach Paris bringen sollte.   Wo
wir hinkamen, Aufregung aller Art, — früh Morgens um 4 Uhr
fanden wir in Nancy die Bürgergarde aufgestellt auf jenem schönen Platze, den ich nie wieder gesehen.   Von Paris dunkle Ge-
rüchte, keine bestimmten Nachrichten, — jedoch konnten wir unsere
Reise unbehelligt fortsetzen.   Endlich gelangen wir in die Hauptstadt, wo die Kampfestage eben vorüber waren.   Noch standen
eine große Anzahl Barricaden aufrecht da, überall sah man Be-
waffnete, Halb- und Viertels-Uniformen, Gewühl, laut Sprechende
und lebhaft Agirende, dreifarbige Fahnen, freiheitsathmende In-
schriften, angeklebte Zeitungen, Proclamationen, Bulletins, was
weiß ich!   Aber schön, herrlich, unvergeßlich war die allgemeine
Freude, die sich bei dem lebhaften Volke auf jede Weise Luft
machte.   Die Freunde, die Bekannten, denen ich begegnete, fielen
mir mit Thränen in den Augen um den Hals, — Gott weiß,
wie viele Umarmungen auf offener Straße ich in den ersten Tagen
zu erwidern hatte.

Sie können Sich leicht denken, verehrteste Frau, wie das
alles einen achtzehnjährigen Jüngling packen mußte.   Ohne die
entfernteste Verpflichtung dazu, trat ich in die Nationalgarde.   In
der ersten Nacht, welche ich als Vertheidiger der Ordnung und der
Freiheit auf dem Corps de garde zubrachte, wurde mir, jedenfalls
von einem andern Vertheidiger, eine Jagdflinte gestohlen, — das
kühlte mich aber nicht ab, und ich fühlte mich gehoben, später in
kalter, sehr kalter Winternacht vor den Tuilerieen zwei Stunden
lang Wache zu stehen.   Nourrit, der herrliche Sänger, einer der

liebenswürdigsten Künstler, mit dem ich später sehr befreundet wurde, war Lieutenant unserer Compagnie. Wir spielten Krieg, — lagerten im Garten des Palais Royal um hellloderndes Wacht= feuer, — Nourrit sang uns Lieder von Béranger, — es waren prächtige Stunden!

Allzu lange sollten sie jedoch nicht währen, und ehe ich mich's versah, war ich wieder in der Opposition. Die Polen waren besiegt, — Sebastiani erklärte in der Deputirtenkammer, „in Warschau herrsche Ruhe". — Louis Philippe erschien uns jungen Leuten doch gar zu zahm, — ich legte die Nationalgarden=Uni= form bei Seite, — im Frühling des Jahres 1836 verließ ich Paris und sah es durch lange Jahre nicht wieder.

Mancherlei hatte ich durchlebt, und obgleich nach wie vor ein sehr eifriger Zeitungsleser, war doch die hohe Politik in den Hinter= grund getreten. Der Winter 1848 fand mich glücklich verheirathet und in der Würde eines Musikdirectors in Düsseldorf. Da kam die Kunde von der Februar=Revolution, und es erfolgte jenes hundertfache Echo, wie das eines Schusses im Hochgebirge. Wir gingen im Sommer nach Frankfurt, und ich berauschte mich zum zweiten Male in Politik, indem ich den Verhandlungen in der Paulskirche folgte. Schon in Düsseldorf hatte ich mich vor mei= ner Abreise an den politischen Scenen betheiligt, die dort, wie überall, aufgeführt wurden. Die Einen nannten mich einen Ra= dicalen vom reinsten Wasser, — die Anderen schalten mich einen Volksverräther, — ich meinte es gut und war sehr unschuldig. Im Parlament hatte ich Freunde, die theilweise auf der äußersten Linken saßen, — ich bewunderte sie, konnte aber ihre Ansichten nicht theilen. Noch wohnte ich dem Anfang der Hauptposse bei, die in jenen Zeiten in den höchsten Regionen aufgeführt wurde, die der Einführung des Reichsverwesers. — Sie wissen, verehrte Freundin, wenn auch nur vom Hörensagen, wie kläglich alles das endigte.

Noch einmal, als städtischer Capellmeister in Köln, ließ ich mir's beifallen, in einer politischen Versammlung das Wort zu ergreifen. Es handelte sich um die Frage, ob die Wähler die Männer ihrer Wahl laut nennen oder auf verschlossene Papier=schnitzeln aufschreiben sollten, — öffentliche oder geheime Wahl. Ich sprach mich sehr warm für die erstere aus, — wurde aber dafür von meinen liberalen Freunden auf das heftigste getadelt. Seitdem habe ich nie mehr versucht, mich selbstthätig in politisches Leben zu mischen, wenn ich auch die Geschichte, die wir erleben, mit einer durch nichts zu schwächenden Theilnahme verfolge.

Schön, groß, erhebend ist's im Einzelnen freilich selten, — mehr als in irgend einer andern Sphäre tritt die menschliche Schwäche in den Vordergrund, sei's in dem, was man erstrebt, sei's in dem, was man erreicht. Daß aber ein geringer Fortschritt so Vielen zu Statten kommt, — daß ein, wenn auch noch so lang=samer, doch nach manchen Seiten hin unendlicher zu erhoffen ist, — daß man sich und seine kleinen Interessen aus den Augen verliert, um sich nur noch im großen Ganzen zu fühlen, das ist das Wohl=thuende davon. Der Blick schweift über einen Ocean. Wir wissen, welche unheilvollen Stürme er birgt, — aber auch, wie völker=verbindend, völkerbeglückend seine Wogen zu sein vermögen.

I.

So soll ich wirklich hoffen dürfen, Sie innerhalb der nächsten Monate wiederzusehen, verehrteste Frau! Welch eine beglückende Aussicht! Einen schönen Traum verwirklicht zu schauen, gehört zum Besten, zum Seltensten, was uns zu erleben vergönnt ist. Wäre nur nicht das Bangen, es könne doch zu Nichte werden! Ich will aber glauben, und will geduldig sein, — und will mich freuen, wie ein Kind auf den Weihnachtsbaum.

Eine geraume Zeit ist dahingegangen seit jenem unvergeßlichen Abend, an welchem ich Sie zum ersten und einzigen Mal sah und hörte. Der Zufall brachte mich in Ihre Nähe, — Ihnen geistig näher zu treten, sollte die Ferne nicht verhindern. Wenn ich in Ihre so eingehenden, so theilnehmenden Briefe schaue, dann beschleicht mich die Hoffnung, es sei mir nicht ganz mißlungen, — und doch erscheinen mir meine Mittheilungen in der Erinnerung ungenügend, trocken, dürftig. Klarer als je wurde mir's oft, daß es wichtiger ist, wie man gelesen wird, als was man schreibt. Aber wo werde ich mich Ihnen nahen dürfen, verehrteste Freundin? Sie werden es zu bestimmen haben, und ich werde mich jeder Anordnung fügen, — erlauben Sie mir jedoch einen Wunsch auszusprechen, so wäre es der: wählen Sie einen kleinen Ort, der nur durch seine schöne Umgebung in etwa sich auszeichnet. Die herrlichste, die erhabenste Natur erlaubt uns, uns selbst anzugehören, auch wenn wir uns noch so sehr in ihre Schönheit versenken. Anders eine große Stadt; wenn der

Aufenthalt in einer solchen uns nicht zur Gewohnheit geworden, kann man sich ihren zerstreuenden, wenn auch bereichernden Eindrücken nicht entziehen. Gönnen Sie mir während der allzu kurzen Tage die reine Labung und Stärkung, die wunderthätig von Ihnen ausgeht, unberührt von fremder Zuthat. Das wird auch mich in den Stand setzen, wenigstens das Beste, was ich habe, Ihnen zu widmen.

Die eigenthümliche Weise, in der ich Sie kennen lernte, verehrte Frau, unser Briefwechsel, unser demnächstiges Wiedersehen, das alles zusammen genommen gleicht dem Entstehen, dem Fortspinnen, dem Inslebentreten einer Tondichtung. Ein erster mächtiger Anstoß, ein längeres, ruhiges Fortspinnen, endlich die Aufführung, — ohne Publicum, — oder wenigstens ohne ein anderes, als Sie selbst, wenn Sie auch zu gleicher Zeit eine Solostimme dabei übernehmen. Werden Sie befriedigt sein? Ich läugne nicht, daß mir etwas bange zu Muthe ist. Es gibt ein Pochen des Herzens, welches, ein Privilegium der Jugend, schon durch sich selbst beglückt, durch die Empfindung unendlichen künftigen Lebens, von welcher es begleitet ist. In späteren Jahren wird die gehobenste Erwartung von dem Gefühle der Endlichkeit durchzogen, — doch hofft man mehr vom Augenblick, man ist ihm auch dankbarer. Hat er nicht gebracht, was er sollte, dann rufen wir ihm freilich ein „farewell for ever" zu, — keine neue Hoffnung steigt auf, — man gehorcht dem Gebote des Entsagens.

Warum aber überlasse ich mich solch peinlichen Betrachtungen? Gewiß, Sie werden kommen, verehrte Frau, ich werde Sie wieder sehen, wieder hören, — und wenn Sie dann wieder verschwunben, bann werbe ich mir Ihre Erscheinung auf immer erobert haben. Die siegreichsten Krieger auf bieser Erbe sinb Auge unb Ohr, — sie gehorchen glücklicher Weise auch bem Geringsten unb setzen ihn in ben Stanb, Königen gleich zu herrschen in ber Gegenwart unb in ber Erinnerung.

www.ingramcontent.com/pod-product-compliance
Lightning Source LLC
Chambersburg PA
CBHW030545040726
47497CB00008B/2586